泉州文庫

迟浩田题

友竹山房詩草
紉蕙山房詩草

（清）蘇履吉 （清）蘇如蘭 著
周宗禧 陳忠義 林興中 點校

泉州文庫整理出版委員會

前　言

　　泉州建制一千三百多年，爲中國歷史文化名城和古代海外交通的重要港口。"比屋弦誦，人文爲閩最"，素稱海濱鄒魯、文獻之邦。代有經邦緯國、出類拔萃之才，歐陽詹、曾公亮、蘇頌、蔡清、王慎中、俞大猷、李贄、鄭成功、李光地等一大批傑出人物留下了大量具有歷史、文學、藝術、哲學、軍事、經濟價值的文化遺產。據不完全統計，見載於史籍的著作家有一千四百二十六人，著作多達三千七百三十九種，其中唐五代二十九人三十二種，宋代二百人三百九十一種，元代二十一人四十種，明代五百三十六人一千五百八十五種，清代六百四十人一千六百九十一種；收入《四庫全書》一百一十五家一百六十四種，《四庫全書存目叢書》五十六家七十四種，《續修四庫全書》十四家十七種。二〇〇八年國務院頒布第一批國家珍貴古籍名錄，屬泉人著述、出版者十三種。

　　遺憾的是，雖然泉州典籍贍富，每一時代都有一批重要著作相繼問世，但歷經歲月淘汰、劫難摧殘，加上庋藏環境不良，遺存至今十無二三，多成珍籍孤本。這些文化遺產，是歷史的見證，是泉州人民同時也是中華民族的寶貴文化財富，亟待搶救保護，古爲今用。

　　對泉州地方文獻的搜集與整理，最早有南宋嘉定年間的《清源文集》十卷，明萬曆二十五年《清源文獻》十八卷繼出，入清則有《清源文獻纂續合編》三十六卷問世。這些文獻彙編，或已佚失，或存本極少。二十世紀四十年代，泉州成立"晉江文獻整理委員會"，準備整理出版歷代泉人著作，因經費短缺未果。八十年代，地方文史界發起研究"泉州學"，再次計劃編輯地方文獻叢書，可惜後來也因爲各種條件的限制，其事遂寢。但是這兩次努力，爲地方文獻叢書的整理出版做了準備，留下了珍貴的文獻資料和書目彙編。

　　二〇〇五年三月，中共泉州市委、泉州市政府決定將地方文獻叢書出版工作列爲國民經濟和社會發展第十一個五年規劃的一項文化工程。翌年,正式成立"泉州地方典籍《泉州文庫》整理出版委員會",着手對分散庋藏於全國各大圖書館及民間的古籍進行調查搜集,整理出《泉州文庫備考書目》二百六十七家六百一十四種,以後又陸續檢索出遺漏書目近百家一百八十餘種。經過省內外專家學者多次論證,最後篩選出一百五十部二百五十餘種著作,組成一套有一定規模、自成體系、比較完整,可以概括泉人著作風貌、反映泉州千餘年文化發展脉絡的地方文獻叢書,取名《泉州文庫》,二〇一一年起陸續出版發行。

整理出版《泉州文庫》的宗旨是:遵循國家的文化方針政策,保護和利用珍貴文獻典籍,以期繼承發揚中華民族優秀文化傳統,增進民族團結,維護國家統一,提高民族自信心和凝聚力,加强社會主義核心價值體系建設,增强文化軟實力,爲泉州的物質文明和精神文明建設服務。

《泉州文庫》始唐迄清,原著點校,收錄標準着眼於學術性、科學性、文學性、地域性、原創性、權威性,具有全國重要影響和著名歷史人物的代表作優先。所錄著作涵蓋泉州各縣(市、區),包括金門縣及歷史上泉州府屬同安縣,曾在泉州任職、寄寓、活動過的非泉籍人氏的作品,則取其內容與泉州密切相關的專門著作。文庫採用繁體字橫排印刷,內容涉及政治、經濟、歷史、地理、哲學、宗教、軍事、語言文字、文化教育、文學藝術、科學技術等領域,其中不乏孤稀珍罕舊槧秘笈,堪稱溫陵文獻之幟志。

值此《泉州文庫》出版之際,謹向各支持單位、個人和參加點校的專家學者表示誠摯的感謝!由於涉及的學科和內容至爲廣泛,工作底本每有蛀蝕脱漏,加之書成衆手,雖經反復校勘,但限於水平,不足或錯誤之處還是難免,敬請讀者批評指教。

泉州地方典籍《泉州文庫》整理出版委員會
二〇一一年三月

整理凡例

一、《泉州文庫》(以下簡稱"文庫")收錄對象爲有關泉州的專門著作和泉州籍人士(包括長期寓居泉州的著名人物)著作,地域範圍爲泉州一府七縣,即晋江(包括現在的晋江市、石獅市、鯉城區、豐澤區、洛江區)、南安、惠安(包括泉港區)、同安(包括金門縣)、安溪、永春、德化。成書下限爲一九四九年九月以前(個別選題酌情下延)。選題内容以文學藝術、歷史、地理、哲學、政治、軍事、科技、語言教育等文化典籍爲主,以發掘珍本、孤本爲重點,有全國性影響、學術價值高、富有原創性著作優先,兼及零散資料匯總。

二、每種著作盡量收集不同版本進行比較,選擇其中年代較早、内容完整、校刻最精的版本爲工作底本,并與有關史籍、筆記、文集、叢書參校,文字擇善而從。

三、尊重原著,作者原有注釋與説明文字概予保留。後來增加者,則視其價值取捨。

四、凡底本訛誤衍漏,增字以〔 〕表示,正字以( )表示,難辨或無法補正的缺脱文字以□表示,明顯錯字徑直改正,均不作校記。

五、凡底本與其他版本文字差異,各有所長,取捨兩難,或原文脱訛嚴重致點讀困難,或史實明顯錯誤者,正文仍從底本,而於篇末校勘記中説明。

六、凡人名、地名、官名脱誤者,均予改正,訛誤而又查不到出處之人名、地名、官名及少數民族部落名同異譯者,依原文不予改動。

七、少數民族名稱凡帶有侮辱性的字樣,除舊史中習見的泛稱以外,均加引號以示區別,并於校記中説明。

八、標點符號執行一九九六年實施的國家《標點符號用法》。文庫點校循新版二十四史及《清史稿》例,一般不使用破折號和省略號。

九、原文不分段者,按文意自然分段。

十、凡異體字、俗體字、通假字,如非人名、地名,改動又無關文旨者,一般改爲通用字;異體字已經約定俗成、容易辨認者不改。個別著作爲保持原本文字語言風貌,其通假字則不校改。

十一、避諱字、缺筆字盡量改正。早期因避諱所產生的詞彙成爲習慣者不改正。

十二、古籍行文中涉及國家、朝廷、皇帝、上司、宗族等所用抬頭格式均予取消。

十三、文庫一般一册收録一種著作,篇幅小的著作由兩種或若干種組成一册,篇幅大的著作則分成兩册或若干册。

十四、文庫採用橫排、繁體字印刷出版。每册前置前言、凡例。每種著作仿《四庫全書》提要之例,由編者撰寫《校點後記》,簡略介紹作者生平、著作内容及評價、版本情況,説明其他需要説明的問題。

泉州地方典籍《泉州文庫》整理出版委員會辦公室
二〇〇七年二月五日

目　　録

友竹山房詩草 ………………………………………………… 1
紉蕙山房詩草 ………………………………………………… 181

友竹山房詩草

序

　　夫在心爲志，發言爲詩。故百二十國之寶書，《詩序》厪存三百；五千餘篇之著録，《文選》初傳十九。周情、孔思、荀賦、屈騷，莫不抒寫性靈，羌無故實。獨立神明之表，以開比興之原。下至提官塊構之象言，替戾局鐸之鈴語，鸞歌帝俊，虱頌阿房。子建不解豨妃，太白儗吟獨鹿。亦咸泠倫聽氣，叶以聲詩；卜夏序情，止乎禮義者也。吾年友蘇九齋刺史，麟海畸人，鴻都高足。以磊落英多之器，登書判拔萃之科。六經選國士無雙，九重擢廷對第一。作宰甘肅，著績循良。跡其治章武之原，苾崇信之邑；陟鶉觚之坂，履青雀之坪；珥節蘭臯，請纓青海；再臨安息，三至敦煌。業已縣號神君，民呼生佛，鈎距勿施，鞭屑益陋。牛自歸而訟輟，羊不飲而俗醇。書之邑乘，騰以薦章；監郡跨州，炳麟耳目。然而文翁石室，不廢誦書；長卿墨池，久緣作賦。落花印匣，明月琴樽；觸興而吟，無心而得。雖復羽陵蠧簡，載以帝後七車；汲塚蝌書，補以壁中百兩。而能不著一字，盡得風流。片言居物象之先，遺味在鹹酸之外。况廼安仁栽花之縣，先迋版輿；細侯迎竹之州，未忘襁褓。大雷寄札，妹亦工吟。小星抱裯，妾都能詠。兒稱驥子，妻號鹽居。朕隮堂之瓠，開壽母之燕。室虛生白，閣迥來青。吐綿邈于寸心，寄清悶之逸想。庶幾乎一官而詩一集，風雅若王筠焉；再至而心再化，卷舒若蓬瑗焉。由是，麟角聲騰，雞林賈重。家家才子屏風，書太液之篇；處處麗人弓衣，繡劍南之句。雖託言于篇什，悉歸本于性情。都古今體可成誦者蓋三千餘篇焉。曩余勸學西縣，值君攝篆漳津。佛寺燈紅，俾撿三蘇之集；官齋酒綠，同遊五李之祠。始則許子同舟，廣文騎兩家之驛；繼則袁郎出塞，明府寄千里之詩。雖頗披吟，未悉點定。及余謫墮餘生，饑驅棲泊，牀庋半硯，囊留看錢。平生車笠之好，夙昔文酒之歡，誰肯問中散養生之書，幾欲廣孝標絶交之論。惟君惓懷舊雨,彈指十霜。訪我于彌勒之龕,呼我于子慎之牖。傾中山十日之酒,賞上元九微之燈。簪珥敲心,笙竽震耳,流連篇什,奴僕命騷。射覆送鈎,有看朱成碧之誤;浮聲切響,無持藍笑青之譏。數奉撝謙,命校卷軸。俾序衛公一品之集,盡出香山長慶之詩。蓋九齋之爲政也,蘊胸臆爲智珠。九齋之爲詩也,寫襟靈于性海。少遭偏露,依母孤霜,讀書而瓜或鎮心,惡卧而薪偏焠掌,故多幽憂抑鬱之詞焉。長博青衿,俯拾紫芥,覲天咫尺,浴日光華,故多從容暇豫之賦焉。茂宰牽絲,才優製錦,愛民如子,疾惡如仇,故多嫗煦感慨之謠焉。軍書旁午,州郡勞人,飛芻挽粟,舉烽迎纛,故多怵惕憔悴之詠焉。孝親忠君之懷,時形于楮內;悌弟敬友之雅,每見于筆端。荒政所活者數萬人,書院所成者數百士。故其詩芊綿而無極,宛轉而愈憐,有美人芳草之託喻,無南山萁豆之譏嫌焉。余既嘆先生之爲詩一本于性情,而益嘆詩如其爲人,能脱于形迹也。於是刪其複累,祛其冗繁,共得詩八百餘篇,都爲八卷。敬付剞劂,用代鈔胥,并序述作之源流,以寄箋傳之微意。至於文外重旨,篇中獨拔,疎雨桐滴之澹詞,春水鴨知之神悟,情所延賞,存乎其人,無俟余言之飌縷云。是爲序。

道光十年庚寅季春,年愚弟狄道陸芝田拜譔。

自　序

　　履吉少承庭訓，肆力於詩。未弱冠以詩受知於學使陳春淑先生，補博士弟子員。二十二歲，考充拔萃科，以額溢補廩餼，自是屢躓鄉闈。二十六歲，重赴省垣鰲峰書院肄業。先大夫尤勗不肖曰："詩以言性情，不能自抒新義，徒規倣古人，勦説雷同，未可以言詩也。"無何，履吉奉諱歸里，弗獲面承指受，時與友朋唱和，亦復或作或輟。三十四歲，復登拔萃科，廷試入選以令用，分發甘肅，歷仕州縣。簿書之暇，間事吟詠，悉多自叙生平所歷景況。而於家庭燕昵之私，往往即事詠懷，求之古人忠君愛國之忱，或託於婦人女子之詠，何敢仿彿萬一。然《關雎》以好逑是興，夫子以爲樂而不淫。《唐棣》以好合爲懷，夫子以爲父母其順。是家庭之和好，形諸吟詠，古人可作，當亦爲我心許焉。至於詠古詠物，人皆先我而爲之，集中恒不多覯，必襲他人之典故，没自己之性靈，一事一物，徒於聲韻之間，求其工雅，則非履吉所敢窺其藩籬也。是集自二十六歲甲子起至五十一歲己丑凡二十六年古今體詩八百餘首，其餘散失而不存，或存而不列集中者尚多。履吉何敢言詩，但自問生平竊可自喜者，祖母節孝范太宜人年過九十，母葉宜人年登七旬，康健如恒，子弟孫曾承歡侍養，五世同堂。履吉挈妻子，宦游萬里，雖弗獲親侍左右，每遇歲時，遣人馳問，望風遥祝，思所以慰先大夫於地下者，固不徒以吟詠見焉。顧念庭訓有素，而不刊之以示子孫，亦非所以承先志也。集成爰付剞劂，以防散失。夫詩者志也，志吾性情之所近而已。性情之外，無可言詩。若以此詩之出，藉以自炫，彼自古迄今，名人之詩，汗牛充棟，學者猶將摘其疵而批其繆，又安見此詩之足當巨眼哉！是爲序。

　　時道光十年歲次庚寅仲夏上浣，閩南蘇履吉九齋氏自序於沙州官廨之藏拙山房。

題　　詞

十年郎署作閒曹，退食狂吟意興豪。聞說詞壇老名將，閩中猶有舊同袍。
其　　二
絕調才華玉局仙，銅絃鐵板遏雲天。詩孫一管如椽筆，直接風流七百年。
其　　三
課罷農桑正晚晴，閒庭惟聽詠歌聲。人間亦有神仙吏，宦況詩情一樣清。
其　　四
路出秦雲塞月邊，玉關詩思暮笳天。吟成五字清新律，應比長城分外堅。

年愚弟韓榮光拜題

仙才卓絕本天成，書格詩箋出定評。筆到凌空頻脫俗，語多入妙半言情。玉堂虛擬標詞翰，琴署閒堪弄管城。知道絃歌敷化逈，謳吟百里播歡聲。
其　　二
芳名早已飲騷壇，潮是蘇家海是韓。老嫗知詩拈處易，名姝咏絮得來難。<small>九齋令妹著有《夢香遺草》。</small>身勞王事逴將母，天勵君才遠作官。他日宦囊吟草滿，不妨訂寄一編看。

愚弟連士荃拜題

秋院黃花淡晚籬，爐沈炷處誦君詩。十年藝圃論文日，百里棠封捧檄時。數到遊蹤吟咏壯，得來佳句性情癡。羌無故實真詮在，<small>九齋詩尚清真，不爲飾砌語。</small>底事詞人竟好奇。
其　　二
閩海奇人許鐵堂，新詩美政共流芳。我尋舊蹟栽花縣，<small>鐵堂官安定，有遊西巖</small>

寺,詩刻壁間。君嗣清芬友竹房。琴鶴朅來隨客舫,雲山收拾富奚囊。逸情知與官俱上,儘有閒偷案牒旁。

其　　三

讀詩雅愛讀東坡,行篋繙來記誦多。敢謂同心公所好,九齋借疏東坡集讀之。莫教豪氣讓於他。鼇峰化雨濡毫寫,九齋有讀書鼇峰詩。螭陛香烟起草哦。九齋試保和殿有詩。可許眉山家學繼,異時有集共編摩。

其　　四

半載青氈客五泉,常餘清夢玉堂仙。漫勞斧藻新詞著,何幸金蘭舊譜聯。問字情須將酒載,品詩味欲共茶煎。莫忘山館停車處,夜話挑燈一榻前。

其　　五

論詩如友總宜真,祇爲多情累此身。臭味苕岑誰合契,琢雕藻蔓莫同塵。生來愛好無嫌癖,九齋有"一生愛好翻成癖"之句。交到交章信有神。回首明經初訂譜,金城識面記前因。九齋分發甘肅,乙亥歲覿於蘭邸中。

其　　六

最是摶沙即放沙,匆匆我又上京華。酒懷詩思憑誰寄,隴月關雲相望賒。出處有時依闕下,平安得信報天涯。空疎漫擬酬瓊玉,此稿端宜抵木瓜。

年愚弟馬疏拜題

挑燈連夜讀君詩,想見吟髭欲斷時。絶似香山長慶集,世間老嫗總能知。

其　　二

廿載誰憐爨尾焦,遊蹤處處掛詩瓢。龍眠圖畫真堪羨,千古文章重白描。

年愚弟袁潔拜題

我本山僻人,已分甘老拙。授業一何迂,風雨倍孤子。忽乃與君遇,疑有前生結。快哉拔萃公,丰采眉宇列。遺我便面詩,健筆堪屈鐵。示我平生稿,三復心更折。妙諦涵天心,忠孝精義洩。譬彼滄海水,魚龍納一切。又若嚼梅花,牙齒生冰雪。以此擅詩場，諓諓者咋舌。嗟予何爲者，操觚不自輟。作詩持贈君，笑應冠纓絶。

愚弟王承勳拜題

我久聞君名，欽仰縈懷抱。今日喜見君，握手酒泉道。我聞君能詩，獨運樞機巧。名言與至理，豈徒矜才藻。我初讀君集，如入蓬萊島。丹厓接翠巒，琪花雜瑤草。天風任卷舒，凌空發浩浩。處處皆仙境，凡夫迹如掃。我豈非凡質，幸得觀奇造。勝概莫能名，拍手但道好。

其　二

君詩得真詮，吐屬任其天。請數天上事，爲君詩意宣。如何爲日星，如何爲雲煙。雷電何驟急，雨雪何延縣。以此問天公，天豈知其然。君詩千萬言，一氣如蟬聯。天衣本無縫，安能尋其端。武陽留士民，碾麥念農田。只此一命意，純乎三百篇。少陵賦北征，昌黎咏南山。千古此二老，傑作有幾焉。人生須用事，用事患無權。君今宰一邑，一邑君所專。仁心見詩意，仁政由詩傳。我讀友竹詩，政績見一斑。且慢爲君評，先爲蒼生憐。

愚弟袁英拜題

棲遲旅邸意何如，一誦瑤章念頓舒。到眼鴻裁皆錦繡，愜心佳句盡瓊琚。黎元子惠情無已，國事辛勤興有餘。堪羨宰官風雅極，端因讀破五車書。

其　二

宴會都中幸識君，風流儒雅冠同羣。一行作吏均沾雨，萬里思親屢望雲。楓陛書呈三異績，萱闈誥焕五花文。循良自古推純孝，藉甚聲華處處聞。

其　三

累代簪纓孰與同，遥遥貴冑溯關中。按：九齋家譜系出武功，許國公即與眉山分派。門分蜀郡文稱海，廟食閩邦氣貫虹。勛業君堪追許國，才名我甚愧燕公。惟將舊誼重新説，司訓三年在武功。余司鐸武功，蘇氏子弟蕃衍列門牆者甚夥。

其　　四

於今數載賦閒身，往事追思易感人。黃絹好評新什妙，青氈未改舊家貧。當年玉殿同摛藻，此日金城枉效顰。一判雲泥千里隔，不堪回首憶芳春。

年愚弟張青霓拜題

髫年曾讀白家詩，文采風流冠一時。爲愛多情家刺史，吟成也教俗人知。

其　　二

閱月星軺無定時，風塵鞅掌有誰知。勞思試問緣何釋，友竹山房一卷詩。

其　　三

知名知面便心知，如賦常華比興詩。念我獨行誰伙者，長行猶憶讀詩時。

宗愚弟得坡拜題

到門青不斷，綠雲環吾里。不可一日無，素心常若此。有時發浩歌，此君爲知己。相得日以歡，佳句書滿紙。磊落如君才，學優初登仕。風雅擅詩名，鳴琴而臥理。君家世眉山，青箱看累累。君今嗣正音，峍鬱而特起。詩格追盛唐，匹侔杜與李。雄鷙不可當，風雷出腕底。洵於性情間，能發其根柢。成竹常在胸，下筆乃爾爾。展卷載吟哦，不覺香滿齒。

年愚弟耿自檢拜題

玉局當年守密州，九僊勝跡海東留。終南西去三千里，各領名山數百秋。

其　　二

山到皋蘭勢漸奇，騷人對此發清思。他年賭酒旗亭外，好聽黃河遠上詞。

其　　三

琴堂原合著詩人，公退索詩富等身。從此編年風格老，一官一集效王筠。

年愚弟張夢齡拜題

詩版開雕未,詩人閩海多。搜羅佳句夥,嗜好此君阿。家學眉山近,官聲葉縣過。玉門關不遠,來去壁循戈。

其　　二

山房名友竹,縣境好栽花。富擁倉箱積,時聞桴鼓撾。轉輸今職事,吟咏舊生涯。入夢龍孫苗,參天欲攫拏。

愚弟王厚慶拜題

東坡宗派西州宦,風度凌雲似此君。一卷新詩千畝意,小窗吟坐正斜曛。

其　　二

記得湟西策蹇時,沙山萬仞一鞭馳。而今相對青琅舘,是我良朋是我師。
_{癸未于役湟陲,並轡山行。}

其　　三

玉關萬里夢封侯,憶到山園一片愁。安得茗甌風雨夜,聯吟同聽半庭秋。

愚弟徐保字拜題

琳瑯一卷手親披,_{癸未夏過蘭泉得閱大集。}五載雲天夢裏思。文到妙來紛錦繡,語從真處沁心脾。論詩合與香山並,得友如逢鮑叔知。試把瑤編重盥誦,感恩振觸涕零時。_{數年來,種荷關情,多所擾累。}

其　　二

潦草天涯拂去鞭,到來底又聳吟肩。案無留牘才偏敏,篋有新詩吏乃仙。千古苔岑敦意氣,一時文字總因緣。煌煌大著堪名世,不羨江花五色妍。

年愚弟袁潔再題

芥大中原亦等閒,吟鞭搖過玉門關。胸中奇氣增多少,只好磨崖見一般。

其　　二

紅滿閒庭綠滿堦,無邊生趣暢幽懷。瑤琴一曲彈餘後,手把吟箋過小齋。

其　三

重把斯人想像之，不關文采獨神馳。滿腔孝友融融意，都在山房一卷詩。

其　四

恨却風流一箇人，徒將文字結前因。不教共立詞壇上，遲到龍潯十四春。

愚弟黃梓春拜題

孔思周情謝俗緣，袁簡齋云："諸般可耐，獨不可耐一俗字。"故集中有《俗吏行》。十年愷悌頌蘇天。文章不爲科名誤，事業端由孝友先。堂臺素敦孝友，集中有"立學但求堪用世，讀書何必定爲官"，此二語可爲座右銘。天漢風雷生腕底，蓬萊花萼吐毫巔。何當盥取薔薇露，雒誦循環齒頰鮮。

其　二

刺史風流獨步今，古來循吏出儒林。能扶大雅敦醇化，偶寄閒懷亦正音。製錦仙才誇奪錦，鳴琴餘韻更調琴。堂臺伉儷情深，更相倡和，亦千古韻事也。多才誰復多情者，君正才情海樣深。

其　三

召父由來杜母身，新棠原與舊棠鄰。一犁靈雨桑麻故，五馬行春德澤匀。堂臺由敦煌明府遷任安西刺史，駕輕就熟，治理一切，更爲裕如。爲國却忘勤政苦，連篇總見愛民真。青蓮氣骨香山韻，不把千秋讓古人。

晚生朱焕拜題

驥尾追塵十五年，姑臧把臂更依然。余於乙酉自京旋里，晤九齋於武威。自從此地重言別，未卜何時再會緣。君又栽花來玉圃，我曾托鉢駐金泉。等閒坐我春風裏，惠示新詩數百篇。

其　二

端明學士憶東坡，政事文章並可歌。父老謳思聽異績，神仙格局總同科。清新不必茶經細，雅健非關飯顆多。仁言藹藹由衷出，五世堂前鼓太和。

其　　三

溫柔敦厚此詩人，瘦亦清華艷亦真。本是書香流夾漈，何疑劍氣起延津。慈航渡世來南海，俊鶻翻雲入大秦。縱目劉牆如許短，也教先覩一怡神。

其　　四

社起青氈記我曾，吟髭撚斷更挑燈。瓊瑰儘許搜千片，樓閣何緣進一層。焚硯於今存此欲，題餻自昔愧無能。高山幸有清芬仰，始信先迷後得朋。

年愚弟劉墨莊拜題

目　　錄

序 ·· 陸芝田　3
自序 ·· 蘇履吉　5
題詞 ···　6

友竹山房詩草卷一古今體九十六首 ·······························　37
　甲子重赴鼇峰書院肄業 ···　37
　鼇峰玩月 ···　37
　涵江舟中夜行 ··　37
　過福清海岸 ···　37
　過訪郭藹士齋頭，偶閱題贈妹氏紉蕙山房詩草，口占四首 ·······　37
　栽蘭 ··　38
　檢先大人遺札 ··　38
　滌筆 ··　38
　過田陽作客 ···　38
　偶懷 ··　38
　丁卯三月初晴即事 ··　39
　客溫陵將歸桃源留呈鼇江陳夫子 ································　39
　戊辰館登第樓磨亭叔祖春夜過訪，留飲齋頭 ·····················　39
　和磨亭過訪寄贈原韻 ···　39
　閏五月七日喜雨 ··　39
　三十初度日赴鄉闈途中有感 ·····································　39

冬季九日，登第樓散館留別諸生並勖用滋樹軒舊贈原韻 …………… 39
己巳孟春望後八日，餘慶堂登館偶叙所懷，並勉諸生，用登第樓舊作
　　原韻 ……………………………………………………………………… 40
餘慶堂書齋即事 ……………………………………………………………… 40
示長男昌齡 …………………………………………………………………… 40
清明日飲古春齋頭 …………………………………………………………… 40
清明後二日諸生補賞清明 …………………………………………………… 40
瓜月十三日登獅峰祈夢 ……………………………………………………… 40
無夢誌感 ……………………………………………………………………… 41
清明後二日初晴遊龍湖寺 …………………………………………………… 41
病後偶懷 ……………………………………………………………………… 41
家計 …………………………………………………………………………… 41
送同學葉生丁溪歸里 ………………………………………………………… 41
贈肇盈大弟明年設教於家之古春齋 ………………………………………… 41
早起看雪 ……………………………………………………………………… 42
九仙十二景 …………………………………………………………………… 42
九仙山行歌 …………………………………………………………………… 43
遊九仙歸途漫詠 ……………………………………………………………… 44
登謙山新晴即事 ……………………………………………………………… 44
重遊九仙紀勝二首，依家叔祖生齋夫子舊題原韻 ………………………… 44
永雪禪師留歇數日誌謝二首，用瓊溪賴太史舊作原韻 …………………… 45
題仙人圖應秀泉上人之作 …………………………………………………… 45
武彝山歌 ……………………………………………………………………… 45
讀書即事分韻三十首有叙 …………………………………………………… 45
懷廖靜修 ……………………………………………………………………… 48
哭徐槐圃 ……………………………………………………………………… 48

輓尊羑祖姑 ……………………………………………… 48

夏日苦病 ………………………………………………… 48

寒夜 ……………………………………………………… 48

桂陰夜雨 ………………………………………………… 49

家居 ……………………………………………………… 49

上弦 ……………………………………………………… 49

哭內兄張槐堂 四首 ………………………………………… 49

友竹山房詩草卷二 古今體一百六首 …………………………… 50

浦城初寄家書 …………………………………………… 50

過仙霞嶺 ………………………………………………… 50

舟次蘭谿 ………………………………………………… 50

二月十三日途中憶內 …………………………………… 50

登嚴子陵先生釣臺 ……………………………………… 50

至杭州感家東坡公守杭舊事，未往西湖一觀 ………… 51

過太湖 …………………………………………………… 51

到蘇州拜家檢討星山公旅櫬於溫陵會館 ……………… 51

登虎邱山 ………………………………………………… 51

高郵露筋祠 二首 ………………………………………… 51

過和聖柳下惠墓 ………………………………………… 51

過楚霸王墓 二首 ………………………………………… 52

過高唐東方朔故里 二首 ………………………………… 52

乞錢歎 …………………………………………………… 52

老馬行 …………………………………………………… 52

三月十四日宿富莊驛，懷同邑陳丁浦 祥光、鄧春波 夢鯉、陳木齋 向榮

諸公試禮闈 …………………………………………… 53

過河間府瀛海驛唐十八學士登瀛洲處 ………………… 53

15

過鄭州王昭君故里二首 ………………………………………… 53

曉發雄關用壁上過客留題原韻二首 ……………………… 53

過涿州黃帝擒蚩尤處口占清平歌 ………………………… 53

榜後送家伯濬邨夫子南旋 …………………………………… 54

端午日 ……………………………………………………………… 54

張淑芳誕日 ……………………………………………………… 54

別憶三首 …………………………………………………………… 54

五月十六日家慈誕辰 ………………………………………… 54

寄家書 ……………………………………………………………… 55

六月初十日禮闈朝考 ………………………………………… 55

六月十八日保和殿覆試恭紀 ……………………………… 55

代祝方容齋夫子壽 …………………………………………… 55

六月二十九日禮部引見外用恭紀 ……………………… 55

七夕 ………………………………………………………………… 55

七月初八日祖母誕辰 ………………………………………… 56

懷族中諸祖伯叔 ………………………………………………… 56

附寄張英齋內弟并示淑芳 ………………………………… 56

夜雨 ………………………………………………………………… 56

請假回籍 …………………………………………………………… 57

出都 ………………………………………………………………… 57

穀城早行 …………………………………………………………… 57

過滕文公行井田處 …………………………………………… 57

宿韓莊墩過微山湖晚眺 ……………………………………… 57

過邵伯湖 …………………………………………………………… 57

晚望金山寺 ……………………………………………………… 58

重遊虎邱 …………………………………………………………… 58

次蘇州祭家星山公檢討旅櫬於溫陵會館,並陳顛末 …… 58
遊西湖 …… 59
九月十五日,憶家蕙圃叔祖 …… 59
次杭州與粵東趙松門允森同年共舟 …… 59
龍遊舟中 …… 59
舟行遇雨 …… 60
舟中曉起 …… 60
到清湖 …… 60
過蘇嶺 …… 60
過大竿亭 …… 60
漁梁嶺上 …… 60
立冬日浦城道中 …… 60
十月初二日建溪舟中即事 …… 61
有懷 …… 61
十月初六日萬壽恭紀 …… 61
卓地晤道興叔 …… 61
到家 …… 61
之官甘肅留別鄉中二首 …… 61
出門示內子 …… 62
崇安寄家書 …… 62
過武夷山 …… 62
過黃州坡公游赤壁處 …… 62
留鬚誌感 …… 62
新月 …… 62
遜邨葉表弟偕余西行,途中偶懷 …… 63
偶成 …… 63

過湖北雜詠二首 …………………………………… 63
舟中早行 …………………………………………… 63
唐宮遺事 …………………………………………… 63
山行二首 …………………………………………… 64
過商山四皓墓 ……………………………………… 64
過秦嶺謁韓文公祠 ………………………………… 64
遊藍橋韓湘子碧天洞 ……………………………… 64
過古長安 …………………………………………… 64
端午日次邠州 ……………………………………… 64
謁周太王祠 ………………………………………… 65
涇州嚴家山二首 …………………………………… 65
平涼道上 …………………………………………… 65
宿瓦亭驛 …………………………………………… 65
過六盤山 …………………………………………… 65
家慈誕辰 …………………………………………… 66
宿安定喜雨 ………………………………………… 66
宿苦水驛 …………………………………………… 66
平番道上 …………………………………………… 66
過永昌望山中積雪 ………………………………… 66
長城 ………………………………………………… 67
至肅州 ……………………………………………… 67
住肅州二日誌感 …………………………………… 67
肅州差旋 …………………………………………… 67
過山丹縣大禹導弱水處 …………………………… 67
七月初八日祖母誕辰 ……………………………… 67
送高臺令周又溪礦入都 …………………………… 68

友竹山房詩草卷三 古今體一百七首 …… 69

慶陽懷古 四首 …… 69

題風箏二首,爲慶陽太守王少君作 …… 69

勸百姓完糧歌 …… 69

中秋夜遊鐘樓寺,晤思文上人 …… 70

思家 …… 70

蒞任安化將滿一年誌感 …… 70

詠炭 …… 70

詠雪 …… 70

偶作 …… 71

寒夜 …… 71

盼家表弟葉遜邨南來未至 …… 71

于役肅州宿紅城驛 …… 71

碾麥歌 …… 71

驛路早寒 …… 72

九月二十九日立冬 …… 72

古浪晚行 …… 72

夜坐 …… 72

戊寅攝篆武陽,月夜過訪學署,次廣文許熙齋 賡陛 見贈原韻三首 …… 72

留題武陽官署 四首 …… 73

題狄道別駕黃槐坪 理中 親家小有園吟菊倡和詩 二首 …… 73

留別武陽士民 …… 73

武陽新建奎星閣落成誌喜,並爲諸生奪魁預券 …… 74

題淑芳畫扇頭紅梅,贈楊生 松齡 新婚二首 …… 74

武陽竹枝詞 八首 …… 74

題西寧參軍王春田 坤 種竹圖小照 …… 75

題蘭山書院山長張玉谿美如秋屋讀書圖 ……………… 75

先大人諱日誌感 ……………………………………………… 76

題長武令李栽之大成荷莊撿存詩稿二首 ………………… 76

靈臺八景有序 ………………………………………………… 76

登回中山王母宮漫詠 ………………………………………… 78

次王生章之憲留別原韻，並送歸里，即訂明春早來之約四首 …… 78

庚辰臘月下浣喜中齋三弟家書至題後 ……………………… 78

蘭州元宵燈市竹枝詞八首 …………………………………… 79

俗吏行 ………………………………………………………… 79

辛巳六月，偶題鸛舺宜署壁間一生愛好兩句，喜家弟其泰、其恢南來，
　補成一律 ……………………………………………………… 80

鸛舺署內新築退思山房偶成 ………………………………… 80

舉行賓興志感，並勖金臺書院諸生赴闈之作 ……………… 80

偶作 …………………………………………………………… 80

七月朔日重游回中山王母宮歌 ……………………………… 80

途中有客持箋索書，因題以應 ……………………………… 81

寄勖次男壽椒家居讀書，並示近作 ………………………… 81

家卜居壁圖山莊，三弟中齋來書云，四弟微嫌形勢狹小，詩以解之，
　並趣蚤構 ……………………………………………………… 81

篆鐫印章 ……………………………………………………… 82

送內幕黃懷浦同鄉回南 ……………………………………… 82

次秦星五九日隱形山登高見贈原韻 ………………………… 82

又次秦星五前題疊詠原韻二首 ……………………………… 82

九月望日別憶 ………………………………………………… 82

補題庚午歲舊寫尋梅小照二首 ……………………………… 83

十月二十五日大雪途中作 …………………………………… 83

雪霽過涇州 ………………………………………………… 83
臘月望後旅店玩月 ……………………………………… 83
壬午元旦 …………………………………………………… 83
人日 ………………………………………………………… 83
上元前一日欽奉勅命贈封兩代並本身妻室恭紀 ………… 84
先大人捐館舍,越今十九年矣。嘉慶庚辰履吉補甘肅崇信縣令,
　　茲奉覃恩,始獲請贈。撫今追昔,不禁愴然有感 ……… 84
慎獄 ………………………………………………………… 84
三月送祖母南旋 …………………………………………… 84
母親家居紀懷 ……………………………………………… 84
和齋四弟隨侍回南 ………………………………………… 85
遜邺三弟回南臨行口占 …………………………………… 85
和齋四弟回南臨行口占 …………………………………… 85
初十日送祖母起程,過柳家河。有長武諸生尚登第,兄弟祖錢甚殷,
　　并其母出拜,年已八十一,家五十餘口,猶得合爨,祖母深爲嘉嘆。
　　口占 …………………………………………………… 85
十一日送祖母至邠州,次日由永壽東行紀別 …………… 86
十四日清明由涇州旋署 …………………………………… 86
聞次男壽椒卒二首 ………………………………………… 86
書便面贈涇州王槐園 ……………………………………… 86
閏三月初三日啓程赴蘭州 ………………………………… 87
過六盤山和壁間王幼海原韻 ……………………………… 87
遊五泉山歌 ………………………………………………… 87

友竹山房詩草卷四 古今體一百五十五首 …………………… 88

檄委署洮州司馬志感 ……………………………………… 88
重過武陽,士民迎謁道左,不忘舊好,喜而有懷 ………… 88

再用前韻贈贊府沈友芸鑒	88
勖武陽楊生松齡	88
別後懷武陽姜明府懷璦並內幕褚先生	89
誕日自紀，用東坡七月十三日儋耳夜夢後作原韻	89
題扇面送長武歲貢張道成教	89
靈臺竹枝詞十首 有序	89
七月下澣，因公晉省，宿石家莊石琴若太學養正書屋，詩以志謝	90
宿養正書屋，見壁間石生毓瑩所作詩饒有佳句，用前韻奉贈	90
再用前韻贈石生文河並勖	90
宿阿姑山擒案，冒雨早行戲作，用十二時相	91
八月二日宿阿干鎮，夜夢後作	91
抵蘭一日，適奉到勾決案，星夜回洮，重過石家莊，仍用前韻	91
宿狄道潘家集張秀才祥翠嵐亭茶酒舖內，口占誌謝	91
聚子石	91
喜子壻陳點入泮，並望秋闈捷步	92
八月十六日赴省宿甘溝，用杜工部是夜翫月原韻	92
十七日宿石家養正書屋，再用杜工部是夜對月原韻	92
洮州即事疊韻四首	92
感懷用前韻四首	93
憶內再用前韻四首	93
錢詩疊韻四首	93
訓子用前韻四首	94
次狄道張秀才祥見贈原韻	94
次劉條甫金聲司馬咏菊原韻二首	94
送李商菴光連別駕督餉肅州	94
題周又溪濂明府自鋤明月種梅花小照	95

自述	95
自嘲	95
自嘆	95
自解	95
自訟	96
自勵	96
送盧厚山坤中丞榮任粵西權篆關中二首	96
送民部主政張玉谿美如同年攜眷入都	96
九月初七日昌齡復育女孫	96
次馬南園疏太史同年題友竹山房詩草六首原韻,并送北行	97
葭月二日懷家弟中齋、和齋新構壁圖山莊	97
奉檄往循化黑錯寺查禁漢回不許私入番地,宿寺中數日題壁四首	97
歸途漫詠	98
長至後二日,家書郵至,欣悉祖母大人五月初旬安輿旋里,復稔家弟中齋、和齋已構壁圖山莊,因作長歌寄歸誌喜并勖	98
讀白樂天詩集有感	99
哭秦生星五緯	99
盼家表弟葉遜邨榮本南來未至	100
得家表弟葉遜邨書至,知月初到長安,計日可以抵署	100
三弟中齋又書云,近有族中一二叔姪,挾恩者或欲侵凌,索債者更加催逼。余不勝愧悔,而又恐弟之不能善於調停也。因作五古十六韻,以志吾過,并寄歸以勉之	100
甲子日立春	101
祖母家居除夕紀懷	101
除夕即事	101
續蘭州元宵燈市竹枝詞八首 有序	101

和廣文張霽亭青霓同年閱友竹山房詩草見贈原韻四首 …………… 102

次朱濬谷文淙同鄉姻戚見贈原韻 …………………………………… 102

客歲三月初十日送祖母南旋，越今又及一載，是日臨洮道上回憶
　志感 …………………………………………………………………… 103

偶感 …………………………………………………………………… 103

楊貴妃二首 …………………………………………………………… 103

臨潭校士感懷四首 …………………………………………………… 103

檄飭回崇信任，留別臨潭土庶用前韻四首 ………………………… 103

臨行奉勸士庶，再用前韻四首 ……………………………………… 104

三月下澣，喜家書至，題後 ………………………………………… 104

臨行贈姜明經徵渭載軒 ……………………………………………… 104

臨行口占贈王生光烈兄弟，用前韻 ………………………………… 104

攜眷回崇信任 ………………………………………………………… 105

洮州士民出郭送我三十餘里，脫鞾錢酒攀戀不舍，作此誌謝 …… 105

校試崇邑童生竣事誌勉，仍用洮州校士原韻四首 ………………… 105

題武陽沈友芸少府囑題畫 …………………………………………… 105

過六盤山，仍用旅店王幼海題壁原韻 ……………………………… 106

蒲月下澣，一日午倦假寐，夢中得好花三月滿山看句，醒後續成
　一律 …………………………………………………………………… 106

蓮花全韻三十首 有序 ………………………………………………… 106

友竹山房詩草卷五古今體九十七首 …………………………………… 109

送從叔意堂回南 ……………………………………………………… 109

贈淑芳八首 …………………………………………………………… 109

檄委署貴德司馬感懷，時自洮州回崇信本任甫一月有餘 ………… 110

七月初十日遣家人馬忠回南 ………………………………………… 110

會寧道中口占 ………………………………………………………… 110

謁大憲極蒙獎譽志愧…… 110
中秋翫月…… 111
十六日夜玩月仍用前韻…… 111
重陽節貴德署中口占…… 111
歲杪赴敦煌任志感…… 111
癸未除夕次沙河…… 111
同馬參戎遊鳴沙山月牙泉歌…… 111
袁千之英索余詩草，見有我愛蓮花好全韻詩三十首，因畫蓮花圖，
　　並繫古詩一首贈余，即和其韻寄謝…… 112
次袁千之題友竹山房詩草二首…… 112
武威曾元魯誠孝廉，來主鳴沙講席，構袁千之畫松，見而愛之，口占
　　寄呈千之，并索畫…… 113
送章之王生憲歸里應試選拔…… 113
懷三弟中齋，時適遣人回南，書箑頭寄歸…… 113
遣曾福回南用去秋遣馬忠回南原韻…… 113
三弟中齋端陽節前至蘭，書來志喜…… 113
次瓜州口接王生章之來書，知登拔萃志喜…… 113
次雙井子步壁間袁蠡莊出關原韻…… 114
王生章之來書，知已啓程前來，計期出月初旬可到，復次前韻…… 114
和家弟九逵鴻猷寄贈原韻二首…… 114
懷同邑棟圃連豫莊經、李圖南維鯤、連芝田士荃、賴實田慶茂諸兄弟…… 114
贈振啓叔…… 115
和袁千之題贈索畫雙松圖原韻，並謝近賜山水花卉字畫十六幅…… 115
大風…… 116
送淑芳歸里七律疊韻六首　并序…… 116
三弟中齋來署甫數月，旋即南歸。淑芳母子與之偕行，殊增睠念，

仍疊前韻贈別四首 …………………………………………………… 118
淑芳擬欲南歸情不忍舍詩以慰之四首 ………………………………… 118
臘月八日安西城外送別二首 …………………………………………… 119
自題小照 ………………………………………………………………… 119
清明日懷眷屬南旋行次長安道上 ……………………………………… 119
家童喜養山雞，余令放出，旋即飛去，尋之不獲，偶占以示之 …… 120
青厓王生憲近見余詩隨即和韻，饒有青藍之勝，因用前韻，歌以
　　美之 ………………………………………………………………… 120
武威孝廉曾元魯誠 ……………………………………………………… 120
即事 ……………………………………………………………………… 120
留別敦煌父老士民 ……………………………………………………… 120
淑芳途次聞家岳母周太孺人仙逝，不勝悲痛寄唁 …………………… 121
讀白香山詩和微之聽妻彈別鶴操有感，即用其韻兼呈王青厓 ……… 121
日來作詩索曾元魯和句，迄未見覆，仍詩以促之二首 ……………… 121
元魯因余寄詩索和，前作比於索逋，隨即寄來和韻二首。以前人因
　　催租而詩中止，今以索逋而詩始成，爲比屬政於余，口占解嘲 …… 122
次王青厓沙州竹枝詞原韻八首 ………………………………………… 122
春日卸敦煌事，稍務吟詠，每作一篇，即錄呈青厓相許可，青厓留余
　　詩箋，即代錄稿內，欲作他日見書如面之意。偶占一律誌愧 …… 123
家大母壬午三月初十日由靈臺南旋，近已三載，昨四弟家報云，
　　老年康健，眠食如常，口占志喜 ………………………………… 123
母親別來今十年矣，履吉天涯遊子，時深馳慕。昨四弟家報云，
　　起居壯健，步履不事支杖，殊堪私幸，仍用前韻志感 ………… 123
三月初十日，王蘊山邀曾元魯、王青厓並余重遊月牙泉，餞送青厓
　　赴試，仍用前韻口占紀勝 ………………………………………… 123
遊月牙泉歸途漫詠 ……………………………………………………… 123

次王青厓重遊月牙泉紀勝四首原韻 …… 124

乙酉三春，送王青厓赴青門會考，並勉秋闈捷步 …… 124

暇日偶懷 …… 125

青厓赴青門會考，行有日矣，余作長歌以送之。茲青厓復用余日前重遊月牙泉歸途漫詠原韻作留別詩三首，韻穩而句工，不勝欽佩，勉依來作再和，無復言詩。聊以誌異日相逢而毋忘，此際之相與有成也，則幸甚 …… 125

次曾元魯送王青厓歸赴長安秋試七律二首原韻 …… 125

勸王青厓少飲酒 …… 126

頡沛亭淵武陽諸生，來敦煌數載，以舌耕爲業。近獲續配，聞新人先自擇壻，謂世間無餓死讀書人，即注意於生，生亦意愜，遂締良緣。余以農家婦女能道出此語，即爲我輩揚眉吐氣，當焚香祝之。又何必如花似玉，始向閨房中拜生菩薩哉，詩以賀之 …… 126

余書前詩箋面贈生，生得詩益喜，請書橫幅，意將懸之房中，作此時之佳話也。因廻前韻歌以勉之 …… 126

偶成二首 …… 127

古意二首 …… 127

遠行 …… 127

曉起 …… 127

友竹山房詩草卷六古今體一百八首 …… 128

偶題 …… 128

懷淑芳行次楚北爲三男完昏用前韻 …… 128

五月初九日懷淑芳生辰，用甲戌都中誕日舊作原韻 …… 128

次三弟中齋書便面，和客歲來署志喜之作，續書詩後 …… 128

五月初九日夜喜雨 …… 128

晚霽 …… 129

讀杜詩 …………………………………………………………… 129
五月十六日家慈誕辰 …………………………………………… 129
慰侯健菴勝武悼亡 ……………………………………………… 129
六月初一日接省信，知眷屬三月內已抵樊城，覓舟至安陸府 …… 129
次袁蠡莊題布隆吉壁間原韻志感 ……………………………… 130
又次壁間原韻懷七夕節 ………………………………………… 130
題蘇州委員曹頡雲贊府箋頭，即送南旋二首 ………………… 130
題劉條甫金聲司馬舊寫倚松聽流圖小照二首 ………………… 130
題條甫司馬近寫公餘課子圖小照二首 ………………………… 130
次張虛舟從孚明府自題悼亡詩後原韻十二首 ………………… 131
重九日司馬劉條甫招同刺史王藻亭世焯、李春生清傑、福靄堂珠靈阿
　　登五泉山小飲，紀勝二首，即用登高二字爲韻 ……………… 132
送那制軍繹堂太老夫子次平鈞驛口占 ………………………… 132
秋日道上懷淑芳仍疊送歸里原韻二首 ………………………… 132
近閱聶蓉峰銳敏太史詩話，訾隨園詩話淫詞太多，不可爲訓。然集
　　中載入壽山與神仙倡和諸作，亦屬誕妄不經，非可傳世。余未敢
　　是非其間，詩以紀之 …………………………………………… 132
宿平鈞驛旅館，同王藻亭刺史、保厚齋筆政夜話，厚齋談論史事，
　　質疑於藻亭，大有博洽之雅，即用送繹堂制府原韻口占奉贈 …… 133
十一月六日，山丹道中懷淑芳。時長女壽楣擬以是日出閣 …… 133
出嘉峪關 ………………………………………………………… 133
臘月初三日詠懷。淑芳去年是日回南，用前山丹道上原韻 …… 133
題敦燉(煌)內署爲去來堂，詩以誌之，仍用前韻 ……………… 133
清明日用舊作原韻詠懷 ………………………………………… 134
余闢敦煌署後花圃一畦，得種花人是惜花人句，對未工，因作起語，
　　漫成一律，並誌所感 …………………………………………… 134

送遜邨葉三回里,用坡公送表弟程六原韻 …………………… 134

勸駕詞八首 有序 ……………………………………………… 134

蘇園新詠二首 ………………………………………………… 135

送李嵐山遐齡都閫屯防葉爾羌 ……………………………… 135

寄贈垂安叔貢入成均 ………………………………………… 135

寄呈梅園三從叔祖 …………………………………………… 136

餞別遜邨葉表弟旋南於沙州署後蘇園 ……………………… 136

遣毛升回南迎接家眷,仍用前韻 …………………………… 136

送謝莘璋同鄉歸南 …………………………………………… 136

次武都黃刺史嘯邨文炳稟報麥穗雙歧,自題州署紀瑞原韻 …… 136

立秋日同侯健菴頡沛亭登黃墩城晚眺 ……………………… 137

七月八日祖母壽辰,越十三日爲吉生日,詩以誌之 ………… 137

祖母壽年八十有七,履吉春秋亦四十有八,再歌以記之 …… 137

敦煌署內藏拙居雜詠八首 …………………………………… 137

季秋五日,喜四弟和齋至,用舊作原韻 …………………… 138

四弟至署,得淑芳來書,知客秋抵家,旋即抱病,延至今春,步履尚
　未自然,志感 ……………………………………………… 138

用前韻懷淑芳曾否重來之作 ………………………………… 138

新築藏拙山房落成題壁,用舊作退思山房原韻 …………… 138

題淑芳書後 …………………………………………………… 138

自題採菊小照,用舊題種桂山房畫圖原韻 ………………… 139

寄贈王青厓四首 ……………………………………………… 139

武都刺史黃嘯村,夏間以麥秀雙歧詩寄余屬和,近又寄示穀垂
　十穎詩,復和其韻 ………………………………………… 139

憶菊 …………………………………………………………… 140

題獻牡丹壽字畫圖,爲家祖母壽慶 ………………………… 140

29

題友人送海屋添籌圖，爲家慈暨內子五月誕辰 …………………… 140
同四弟夜話，偶誦亡男壽椒夜行句云，黑夜歸來路已迷，余謂詩者
　言志，是兒此語即可驗其不永矣。詩以吊之 …………………… 140
懷淑芳 ……………………………………………………………………… 140
次王青匡寄贈原韻四首 …………………………………………………… 140
奉和王幼海厚慶太守赴台州任出都留別四首原韻，時奉調來肅辦理
　軍務 ……………………………………………………………………… 141
題沙棗園誌感 ……………………………………………………………… 142
和王幼海太守題友竹山房詩冊二首原韻 ……………………………… 142
和齋四弟來敦半載，近將歸里，順道入都，遵例報捐贊府，喜而有懷，
　併以贈別，用坡公初別子由詩原韻 ……………………………… 142
哭亡女壽楡 ………………………………………………………………… 142
清明後五日和齋四弟臨行，口占送別 ………………………………… 143
奉檄署安西州事誌感 ……………………………………………………… 143
慰諭敦煌士民迴前韻 ……………………………………………………… 143
臨行補題藏拙山房詩四首 ………………………………………………… 143

友竹山房詩草卷七 古今體八十五首 …………………………………… 145

送沈澹園在光明府由安西卸篆入關，即用安西二字爲韻 …………… 145
秋日重到沙州誌感二首 …………………………………………………… 145
仲秋過訪周星麓慶雲明府沙州官署，并祝封翁壽慶 ………………… 145
重游月牙泉同星麓明府紀勝二首 ……………………………………… 145
住沙州署內藏拙山房臨別感懷 ………………………………………… 146
別後書近作呈星麓明府，再奉一律 …………………………………… 146
贈塗生遇淑 ………………………………………………………………… 146
重修鳴沙書院 ……………………………………………………………… 146
寄贈曾元魯 ………………………………………………………………… 147

擬天馬行送容瀾止照閣部 …………………………………… 147

孟冬二日得和齋四弟自揚州寄書至,計刻下已抵家居 ………… 147

寄慰青厓悼亡 ……………………………………………………… 148

丁亥除夕,揚威將軍懋亭長中堂平定回疆,生擒首逆張格爾。戊子
　　正月十二日,紅旗報捷,過安西,志喜八首 ……………………… 148

戊子正月十二日,那繹堂制軍奉命赴喀什噶爾查辦善後事宜,途次
　　安西布隆吉,欣接紅旗報捷,駐節一日,奏請入關候旨。吉叨恩遇,
　　得以重仰山斗,喜而賦此 ………………………………………… 149

二月二日,那繹堂制軍奉命仍赴喀什噶爾查辦,再用前韻,賦以呈送
　　………………………………………………………………………… 149

玉關行有序 ………………………………………………………… 149

續玉關行有序 ……………………………………………………… 150

三月立夏後一日,酒泉旅次喜雨,即呈金泉書院主講劉石渠墨莊明府
　　同年 ………………………………………………………………… 151

題意蘭策蹇圖二首 ………………………………………………… 151

送袁玉堂年丈入關四首,即用題贈箑上畫詩原韻 ……………… 152

六月初五日行次沙河,欽奉恩旨以知州陞用,先換頂戴,志喜 …… 152

淑芳寄余書,有一月三十日,無日不思我,一日十二時,無時不念
　　我之語。是殆由古詩一日思君十二時而益加懇摯也,遂用其意作
　　此以答之 …………………………………………………………… 152

次岔口驛夜雨 ……………………………………………………… 153

岔口驛住雨一日 …………………………………………………… 153

懷袁玉堂年丈題旅店壁上 ………………………………………… 153

題涼州旅店 ………………………………………………………… 153

戊子初秋,履吉五十初度,因公至蘭。適有能塑小像者,爲吉作此,
　　雖未十分相肖,然萬里寄歸,亦聊以慰親心之盼望耳 ………… 153

友竹山房詩草

淑芳近畫小照寄來，自謂顏容怡肖，余見之猶似昔年回去時也。
　　即用前韻以誌所懷 ································· 154
送其泰弟南旋仍用前韻 ································· 154
戊子重陽日，同和齋四弟重至沙州 ····················· 154
戊子季秋，小妻金華隨余至沙州，訪舊相好諸姊，時屆二十誕辰，
　　同寅爲釀酒奉賀，余謂少年侍室何修得此，詩以示之 ········· 154
己丑元春，喜祖母年躋九旬，并懷內子淑芳，望余歸祝 ······· 154
題四弟和齋小照 ······································ 155
題四弟婦連氏小照 ···································· 155
上元前三日，口占送和齋四弟赴都分發，即題淑芳畫箑便面 ······ 155
元宵玩月 ·· 155
己丑元春，安西城中新倡社火，爲從來未有之盛，詩以紀之三首 ···· 156
吳屋河騰漢同年自闌來甘，援例出山，到余淵泉官署，得詢家鄉近況，
　　即用送家四弟北上原韻 ································ 156
李載堂庚元安西諸生，願受業於余。余何能教，然觀其志向不凡，
　　因書素箑，藉以勉旃 ·································· 156
恭題祖母范老太夫人九旬壽相 ·························· 156
自題畫像 ·· 157
題內子張宜人畫像 ···································· 157
自題小照，并內子淑芳，二妾王氏、勾氏 ···················· 157
代擬祝祖母范太夫人九十壽詩四首 ························ 158
兼攝敦煌縣事近將三月志感 ···························· 159
四宜深處 ·· 159
蘇園 ·· 159
又新書屋 ·· 159
住敦煌內署，并懷內子淑芳 ···························· 160

題鳴沙講院樹人書屋，兼呈劉扶九鵬翔年丈	160
聞朱筠塘焕別駕長男生孫，詩以賀之	160
讀香山長慶集	160
和李聽松濤題扇頭畫淑芳小照二首	160
有懷	161
安西感秋二首 并序	161
祖母九十大壽，連日綵觴稱慶，越六日值余賤辰，兒輩復藉以祝余，偶然有感	161
敦煌廣文劉扶九鵬翔年丈來祝家祖母壽慶，又爲賤辰滯留數日，仍用前韻誌謝	162
題吳星河騰漢同年小照，即送其入都赴選	162
星河同年小照余留其一，星河亦以余小照攜去，因占一律，并題於左	162
懷陸雨香—濂司馬登敦煌内署蘇園見寄	162
中秋夜月	163
題友竹山房小照	163
題種桂山房小照	163
示長男壽椿南旋並勖北上	163

友竹山房詩草補遺 古今體一百八首 164

過赤水遇雨	164
鼇峰玩月	164
送鰲江陳夫子調任晉江學	164
鼇峰書院和龍溪鄭雲麓開禧原韻	164
六月六日夜雨	164
從濬郈伯夫子遊儒林石洞二首	164
訪秉懂叔祖，兼讀詩稿，仍用前韻二首	165

先大人墓次	165
丙寅借榻滋樹軒,別濬邨伯夫子	165
季春新晴,溫伯大偕諸友見訪,留飲南樓	165
庭中蘭花盛開,移置南樓	166
秋試後抵家,九日登筆架山	166
閱課	166
庚午上巳前一日清明值雨	166
甲戌晉京口占	166
望江郎石	166
晚泊釣臺下飲酒二首	167
贈同舟浙商顏國治	167
閏二月十五日清明四首轆轤體,用清明無客不思家句	167
與同年吳星河騰漢同行有感	167
舟停蘇州二日	167
三月十七日立夏新城道上	168
道上偶懷	168
入都	168
寄家書	168
聞同年外用請改教職志感	168
七月十三日生辰自紀	168
七月十五日吏部籐花廳上籤分甘肅	169
七月十九日謝恩恭紀	169
別陳木齋向榮留都	169
中秋舊縣玩月二首	169
舟中感懷	169
晤武進顧少府謨,曾任甘肅縣事,得詢風土	169

燈下偶談 …… 170
住浦城二日 …… 170
懷三弟應試 …… 170
過黯淡灘 …… 170
尤溪口 …… 170
聞三弟婦鄧氏春間生男，後十日卒 …… 170
清明日劍溪舟中即事 …… 170
病中夢詩二句，醒後續成一首 …… 171
誌夢 …… 171
浴佛日舟次沙陽 …… 171
刈麥偶見 …… 171
偶懷 …… 171
五月初六日邠州阻雨，適長男昌齡患病 …… 171
至蘭州 …… 171
六月初一日口占 …… 172
高臺道上 …… 172
生日自紀二首 …… 172
九月廿一日憶家 …… 172
送許熙齋卸武陽司訓歸里，并贈北行 …… 172
庚辰四月，次羅川書院山長趙清齋希曾同年贈別原韻 …… 173
倒和原韻，即以留別 …… 173
重修靈臺學宮，落成志感 …… 173
家三弟中齋新啓山莊，因其地名顏曰壁圖，寄歸志喜 …… 173
讀白香山親戚歡娛僮僕飽，始知官職為他人句有感 …… 173
寄賀三弟中齋三十初度，並勖力學 …… 173
靈臺新築書齋，厠近尉署雞鴨欄，小睡未成 …… 174

代黄懷浦留別諸友，次秦星五贈行原韻 …… 174

雪中山行即事 六首 …… 174

喜渭源令同年陳元圃佳瑛卓薦入都 …… 174

迎春詞 三首 …… 175

惜花二首 …… 175

家鄉感懷 十首 …… 175

次王眉山見贈原韻 …… 176

題扇頭畫春夏秋冬四景 …… 176

贈高葆三焜參軍迎養太孺人來蘭 …… 176

偶見 …… 177

喜長女壽楣、三男壽楔長成 …… 177

癸未元旦朝賀恭紀 …… 177

四十五歲 …… 177

清明日郊外偶步 …… 177

寄贈雍桓大姪並勖 四首 …… 177

過圪塔井，見旅店壁上有矮屋三椽全漏雨，寒燈一盞半搖風之句甚佳，因步其韻 …… 178

壁上又有詩一首，亦係前人兩次題詠，有稚子牽衣攔去路，荊妻掩淚問歸期之句亦佳，復步其韻 …… 178

次赤金峽步壁間袁蠡莊原韻 …… 178

閏七月因公赴安，次瓜州口，見壁上有步舊題前韻，旋復抹去。余稔其人，並知其事，偶有避忌，故不欲存。然直道而行，是非之判，於此猶見不泯耳，仍用前韻志感 …… 178

校點後記 …… 179

友竹山房詩草卷一古今體九十六首

甲子重赴鼇峰書院肄業

男子志四方,安得戀桑梓。弱冠廁泮林,年來頻遠徙。實爲家君嚴,百凡爲我理。努力攻詩書,趨庭記提耳。三五明月圓,束裝何迅駛。顧我念高堂,安康差足喜。祖母六十餘,黄髮復兒齒。椿萱歲未艾,承歡娛菽水。繞膝語羣弟,依依事甘旨。憶昔羊子妻,斷機勖中止。不道遠遊人,聞促雞鳴起。朋友日益親,此去共礪砥。負笈敢辭難,臨行繭雙趾。離緒結垂楊,飄飄何所似。計日赴前程,風霜強自履。屬望意方殷,歸期未預擬。客從故鄉來,願遺我尺紙。遠目認飛鴻,喜語秋雲裏。

鼇峰玩月

桂陰静處夜何其,皎潔臨窗慰所思。縈得深閨千里夢,往來惟有月明知。

涵江舟中夜行

懶上莆陽道,孤舟趁晚行。千村看錯落,一路認分明。隔岸人呼宿,穿橋水作聲。遥瞻燈火處,漁唱夜三更。

過福清海岸

海水茫無際,飄然一壯遊。隻身隨去馬,遠目認浮鷗。波影周圍動,嵐光次第收。孤帆雲外見,疑是雨天秋。

過訪郭藹士齋頭,偶閱題贈妹氏紉蕙山房詩草,口占四首

妹氏殊憨咏雪人,若蘭織錦豈前身。祇因畧識詩中意,薄命空嗟二十春。

其　二

啼痕染袖已成斑,儘有遺音未忍刪。編輯不違師長命,品評端許慰紅顏。

其　三

不分深閨一女兒,敢將殘稿付人知。無瑕白璧千秋在,地下蒙君叠贈詩。

其　四

香魂埋處草芊芊,族爲重修肯賜田。信得才人多愛惜,一堆黃土亦相憐。

栽　蘭

我愛蘭爲佩,臨秋手自栽。花身初振拔,香國幾滋培。借得光風轉,偏宜細雨來。深根知有託,應比謝庭開。

檢先大人遺札

當年負笈別家居,堂上頻緘一紙書。濡滯每疑難得雁,平安時欲亟烹魚。悲今字字成遺跡,憶昔言言實儆余。絕筆慘添遊子淚,九泉知否近何如。

滌　筆

愛此生花筆,時時自滌過。含毫恒望銳,濡墨敢留多。特以千軍掃,難辭隻手摩。凌雲知有日,湧出硯池波。

過田陽作客

久客非初意,況當歲已闌。幾番愁雨阻,半夜惜燈殘。話舊琴三弄,關心月一團。欲歸猶未得,對酒覺情歡。

偶　懷

年來底事費支持,百結余懷只自知。學業已疎還教弟,文章未老尚從師。願將菽水承歡日,認作書田下種時。咬得菜根都可做,科名有志慰親期。

丁卯三月初晴即事

春雨淋漓二十天,初晴景色自清妍。已無雲影遲行跡,猶有霜威冷坐氈。_{時猶降霜,寒氣逼人。}千里好山依舊綠,一樓明月近新圓。同人應共分陰惜,多少農夫又插田。

客溫陵將歸桃源留呈鼇江陳夫子

龍潯師弟昔分開,歲月遷遷又六回。樗櫟祇慙身自棄,李桃應憶手親栽。因懷絳帳春風坐,得訪溫陵勝地來。數日追隨情若素,臨歸聽講尚徘徊。

戊辰館登第樓磨亭叔祖春夜過訪,留飲齋頭

敢道春風擁絳帷,得邀佳客話相知。三秋騁步居人後,一字捫心是我師。酒有餘樽須盡醉,囊無剩稿竟堪嗤。今宵何幸傾肝膽,覓句翻成刻燭時。

和磨亭過訪寄贈原韻

一家非特論交深,爭奈相投利斷金。桂待今秋將出色,竹生當面故虛心。數杯酒少前宵話,半壁詩多近日吟。懶是性成渾不改,冀君時復賜良箴。

閏五月七日喜雨

皇天原不困蒼生,底事吾人怪久晴。昨日驕陽猶烈烈,今朝甘澤已盈盈。地多宜黍鋤雲種,田少流泉帶雨耕。慰望豈惟農者輩,一溪新水助書聲。

三十初度日赴鄉闈途中有感

三十徵辰今又過,光陰遞換奈如何。重幃自喜萱花麗,一室還欣棣萼和。馬齒由來愧加長,鹿鳴此去冀興歌。同人相約登舟處,路未經行借問多。

冬季九日,登第樓散館留別諸生並勵用滋樹軒舊贈原韻

空負諸生又一年,問余學業竟茫然。愧將朋友呼師弟,願飲醇醪對聖賢。

壯志肯容虛白晝，閒情猶覺戀青氈。要知歸去須勤苦，衣鉢終期爾董傳。

己巳孟春望後八日，餘慶堂登館偶叙所懷，並勉諸生，用登第樓舊作原韻

讀書自昔重修身，此外何須盡效人。富不可求從所好，食無庸飽樂吾貧。文章祇欲期通顯，經史休辭閱苦辛。勉爾當前來學者，莫教虛度一年春。

餘慶堂書齋即事

不護垣牆護竹籬，光明要使外人知。柴扉祇爲風前掩，石磴頻教月下移。已取新花種餘地，因貪活水鑿深池。一階新築苔痕少，屐印渾忘客至時。

示長男昌齡

憶昔生汝時，三春方六日。及今已十年，一經讀未畢。聰明非所望，愚魯是汝質。我尚記趨庭，汝僅知繞膝。曾命汝就傅，祖母惜汝疾。此外欲何求，可否能繼述。

清明日飲古春齋頭

清明難得好天時，雨後初晴景最宜。村酒攜來堪共醉，野花遊遍不相知。藏烟自昔傳三日，插柳於今折一枝。我亦憐春愧年少，多情祇合付吟詩。

清明後二日諸生補賞清明

禁烟纔幾日，今又賞清明。天不留佳節，人偏戀友情。論詩桃李笑，對酒雨風生。是日酒後，以"佳節清明桃李笑"命諸生賦七言。我本騷狂者，閒吟足解醒。

瓜月十三日登獅峰祈夢

獅岫崔巍勢接天，人來多半問神仙。登臨已壓衆山小，仰看剛逢明月圓。

桂折一枝漫讓後,花生五色定知先。功名自古皆如夢,爲視今宵暗裏傳。

無夢誌感

讀書祇復問平生,有志從來事竟成。他日倘能登顯達,今宵未必語分明。雖多姓字頻祈禱,那及文章人品評。想是山靈知此意,癡眠不使夢科名。

清明後二日初晴遊龍湖寺

龍湖勝地舊知名,無限風光雨後晴。碧水池邊青草滿,金峰寺外紫苔生。山僧豈識來何事,野鳥猶能喚幾聲。佳節一時留不住,我將今日補清明。

病後偶懷

時宜微暑尚輕寒,調護多因此際難。風雨愁人天亦病,友朋勉我日加餐。吟成韻事饒相賞,積滿奇文半未看。勿藥從茲知有喜,窗前相對竹平安。

家計

讀書仍戀舊生涯,儒素纔分自一家。有酒不妨呼客醉,無錢何必向人賒。妻還知儉親澆菜,子亦安貧學種瓜。最是文章難定價,古來多少字籠紗。

送同學葉生丁溪歸里

負笈來從忽一年,言歸悵別各方天。春風自少吹噓力,夜雨難忘契合緣。知子深情懷絳帳,愧余生業戀青氈。丁溪明年仍從余於攀龍齋。梅花已報新消息,不盡留題取次編。

贈肇盈大弟明年設教於家之古春齋

可以爲師事若何,君今歸去莫蹉跎。教書未必攻書少,作字休嫌問字多。自古文章需閱歷,當前世故試磋磨。芸窗兩載追隨切,肇盈從學於余已兩年矣。賦罷離吟不忍歌。

早起看雪

滿天飛絮忽漫漫,窗色微分送早寒。白屋翻疑新瓦角,青山爲改舊峰巒。推窗映讀人何苦,呵筆書吟我獨歡。知是豐年先報瑞,不應高臥學袁安。

九仙十二景 夏四月遊九仙山,遇雨宿靈鷲巖,閱四門張外史舊刻山志,依韻之作。

靈鷲奇花
一朵奇花帶笑拈,何年移種此山巖。至今猶見空中色,自是西來玉骨纖。

永安翠竹
翠竹陰濃分外加,松風未足比清華。前身本是凌雲品,今托山門自一家。

高臺說法
底事登臨說法臺,已修千劫欲成灰。點頭應有峰前石,未許凡塵撲面來。

層洞摩雲
古洞層雲列九霄,繽紛五色景偏饒。低頭還覺雲垂足,直向天台駕石橋。

魁星綵筆
信得青雲有路通,天然綵筆出山中。奎星曾否遙相映,已見留題數字紅。

彌勒禪門
洞中古佛久餐霞,得共深山歲月賒。見說何年煩改鑿,禪門依舊是袈裟。

龍池霖雨
千年古樹匝高臺,中有龍池沸地開。可是我來方作雨,多情留住不教回。

玉井甘泉
甘逾玉醴出泉遲,石井微凹漾碧漪。爭比冰壺清澈底,一痕斜照遠山眉。

寶林織翠
誰能指石使成金,何事名標作寶林。千紫萬紅長繪織,山僧祇自擁寒衾。

夕照迴光

天開一鑑盪清漪,霞綺雲羅共細披。最是夕陽廻照好,紅光萬丈上深池。

蓮峰月色

削就芙蓉簇晚霞,五峰長作四時花。每逢明月相輝映,趺萼猶疑出水涯。

松逕風濤

蒼松壓徑韻成濤,有客尋涼步九皐。莫是好風吹到此,聽來渾不記登高。

九仙山行歌

維歲辛未夏四月,天外有聲發清越。好風吹我陟九仙,翹首雲端興忽勃。家居雙峰翰水鄉,與山相距廿里長。石獅迴接龍山脊,崎嶇山路歷羊腸。大銘登第層層上,萬仞高山俯而仰。山中苔菜綠參差,法水流香覺路爽。我來初登第一山,巍然矗立掩松關。濤聲風響鳥語亂,飄飄仙境非人間。摳衣轉上不數武,小石天厂渾太古。佳境侵尋入寶林,無端四起山下雨。霧遮雲暗掣霆雷,急奔狂走到巖來。靈鷲巖僧舊我識,相見道故不相猜。石室何年問締造,石作柱樑刻三寶。無事粉餙留其真,人來多半深祈禱。懸知遠勝白雲居,悔不兒時來讀書。於今一到天連雨,遊戲太清足起予。天門倏爾雲初霽,相呼步上傲雲第。前是鄒師涅槃臺,此地臺高聞說偈。旁路橫斜竟何之,數灣轉過抵龍池。梅溪禱雨著靈異,祭崇隆進勒貞碑。彼岸誕登前騁步,西過普(補)陀山有路。蓮花五峰任遨遊,石如斧削花如吐。回頭別向山上行,團圓石鏡净無塵。世界大千涵一切,飛昇臺上接虛清。俯覽蓬萊過石徑,禪室天然師入定。聚石纍纍雲路通,谽谺古洞佛同證。是處名稱兜率天,曾聞廣樂奏管絃。自從果老改雕後,此中無復會羣仙。聖門旋出步魁斗,綵筆擎天齊仰首。雲梯之下石點頭,仙踪又見巖之右。僧言歸看石池花,蓮開當午玉無瑕。甘泉一勺清如許,越甌滿注試新茶。清蔬香飯煩資給,欣然一飽又起立。巖南峻嶺萬丈高,攀蘿直上幾千級。石洞嶔岑天際分,齊雲居上下摩雲。相於面壁石前坐,只有天近恐聲聞。聞道神仙昔來此,上有一石平如砥。石痕隱隱似棋枰,局內分明數棋子。奢闊崛山孰與齊，後人又自費評題。壽山應是有先兆，百歲翁傳周石溪。更上一層振衣石，削壁臨崖億萬尺。峻極於天尺五餘，磴道高懸行步窄。四圍都入畫圖中，千山萬水安可窮。夜摘星辰近牛斗，朝看日上扶桑東。見說昌黎何驚怕，太華百計始敢下。我今亦怯險山行，至此絶頂不敢跨。自知觀止不復觀，欲下高山更險難。緩步歸來夕池畔，山光迴照水漫漫。勝蹟維新合選佛，古樹數株自蒼鬱。還多餘境未盡看，虎踞猨栖產英物。別有天地見仙靈，回途爲訪半閒亭。前賢建置今何在，亭址年年春草青。今人胡爲少此志，百餘年來憑廢墜。爭比怪石恣探奇，悉本天工濟人事。人事何端不精微，圖繪形勝勢崔巍。題詠登石復登志，祇慮後來識者希。我撫殘編愧著述，篆石摩挲爲徵實。點畫剝琢苔痕斑，神采猶能具超逸。同來遊興樂如何，登臨曾否各吟哦。我恐山靈還笑我，我亦長賦一首山行歌。

遊九仙歸途漫詠

已慰登山願，歸來意自悠。九峰臨後背，雙翰在前頭。昨擬三朝返，今完十日遊。何時容載酒，石上酌清流。

登謙山新晴即事

天開新景色，應是雨初晴。岸柳含烟軟，園花浥露輕。路多人去跡，樹雜鳥飛聲。萬里雲飄邈，悠然一望平。

重遊九仙紀勝二首，依家叔祖生齋夫子舊題原韻

何處名山勝九仙，來遊敢道是仙緣。茗香揀採舊株葉，時以往製新茶，故有此行。蘿長扳登危石巔。境闢一方原净土，時當四月尚寒天。無端風雨侵人甚，至適遇雨數日。卧聽空中梵磬傳。

其　二

谽谺古洞景幽奇，鑿自何年識者稀。鷲嶺雲封迷出處，龍池雨濕悟生機。人來訪勝今猶是，仙去留名昔豈非。佳境一時看不盡，山前翹首最依依。

永雪禪師留欸數日誌謝二首，用瓊溪賴太史舊作原韻

十四年來一再登，即賴太史句。余自戊午至此，越今亦十四年矣！談心猶憶舊時曾。知師悟徹三摩地，陪我挑殘五夜燈。山以仙靈傳勝蹟，人如佛印是良朋。家風記得坡公事，欲步遺踪恐未能。

其　二

石室應添一世尊，上方誰是屬諸昆。勝遊難再心相戀，好事常行手自捫。聽偈已教同化雨，參禪不許雜啼猿。那堪過擾香廚味，何日雲深閉客門。

題仙人圖應秀泉上人之作

何必別求仙，對此見神異。去來無所拘，可八亦可四。圖僅八仙之四。松柏滿山青，下有芝草瑞。所以山中人，與仙相位置。持酒頌長生，呼仙共一醉。我欲讚何言，為作延年記。

武彝山歌限四豪韻。

武彝山上峰最高，武彝山下水成濤。籛鏗二子昔居此，山以名傳萬古豪。三十六峰幽絕處，紆廻九曲擬神臯。峻厓削壁不能到，鶴自長吟猿自嗥。始皇二年著靈異，幔亭置酒奏仙璈。於今黛色凝蒼碧，留得茶香勝飲醪。曾聞子騫殷訪道，相繼來此半仙曹。會真廟裡今何似，虹橋片板昔徒勞。又聞棲隱賢君子，結廬山僻絕塵嚚。不作神仙奇幻想，解經著說手自操。祇今後學深翹企，登臨曠覽首頻搔。笑指白雲何處是，不須遊遍始揮毫。

讀書即事分韻三十首有叙

余自嘉慶丁卯，始出而授學。數年來館居不一，而與諸子所共切磋者亦多，或作或輟，久擬作一敬業規以相勸勉，而以前人多有成說，不能復抒議論。今春歲試後，抵館偶有所觸，分為讀書即事標題，挨韻為之，得詩三十首。

焚　香一東
半柱(炷)名香寶鴨中,讀書有味此相同。不知臭腐消何處,乞得新奇託化工。

掃　榻二冬
小榻何嫌膝僅容,清輝端不許塵封。從來灑掃應先事,幾度花陰積翠重。

檢　書三江
映雪牙籤影疊雙,閒來檢點啓書窗。未曾經讀須珍惜,十載還宜對曉缸。

看　經四支
學者何須更好奇,十三經義儘難知。諸家解說參同異,曾否巾箱細自披。

閱　史五微
史事曾分是與非,勸懲於此定依歸。興亡百代如親見,忠孝誰云識者希。

論　文六魚
千古文章仰盛初,蘇潮韓海竟何如。後生漫道難追步,雄健由來腹有書。

考　典七虞
如數家珍果有無,幾人能博一通儒。其中考据宜詳悉,莫想當然自抹塗。

臨　帖八齊
名帖雙鈎古與稽,作書休把筆輕提。試看楷法難工甚,珍重窗前子細題。

作　課九佳
勘破題中理不差,修辭命意自和諧。緣知熟處能生巧,多作終無遇合乖。

唫　詩十灰
拈韻誰誇七步才,長城五字費心裁。曾聞撚斷鬚多少,半是恬吟苦索來。

折　花十一真
何處花開四序春,膽瓶時插一枝新。比如意蕊當前發,襲得香來味較親。

對　月十二文
月色團圓已十分,無煩繼晷取膏焚。嫦娥應惜攻書苦,故把清光照典墳。

烹　茶十三元
爲愛新烹雀舌温,茶經未許等閒論。詩清見說緣多飲,待沸聽聲蟹眼翻。

飲　酒十四寒

讀罷騷經興未闌,何妨偶飲數杯乾。不將糟粕填胸臆,多少書編醉後看。

彈　琴十五刪

古調彈來意自閒,誰知流水與高山。中和正性由茲養,豈特音傳數指間。

擊　磬一先

因敲玉磬韻悠然,心地空明衆慮捐。直似鐘聲平旦徹,却來驚醒枕書眠。

午　睡二蕭

有時炎氣麗晴霄,午倦仍教一夢消。遮莫北窗當臥讀,羲皇以上任逍遥。

早　起三肴

雞鳴忽報早晨交,起誦詩書手自鈔。莫道東方天漸白,此時還自夢吞爻。

静　坐四豪

閉門奚事學禪逃,獨坐無聞且息勞。知是看書原愛静,數聲天外好風高。

朗　誦五歌

阿誰握卷細吟哦,我欲高聲誦讀過。可否能經三百遍,定知牢記不消磨。

親　師六麻

春風何必訪天涯,一字堪師拜絳紗。怪底疎狂愧從學,無成到老起咨嗟。

取　友七陽

切磋應有志同方,結納知無比匪傷。倘復欣交不如己,何從俾爾德音臧。

遠　俗八庚

無端俗客雜書聲,況復逢人肆品評。若近前來應遠去,此中難與語分明。

避　囂九青

紛囂逼處不堪聽,且向齋頭戶半扃。心遠地偏當記取,何須別構最幽亭。

觀　山十蒸

峰巒聳峙露層層,興到來遊幾次曾。識得爲山虧一簣,道高端是自卑登。

玩　水十一尤

如斯不舍嘆川流,夫子當年尚泳游。觀水應從瀾處看,學宜漸進莫他求。

寡　言十二侵

吉人辭寡世咸欽,守口休忘座右箴。無益語言休弄舌,聚談終日啟荒淫。

節　欲十三覃

昔聞君子戒垂三,方少之時色莫耽。須悟養心惟寡欲,精神留向道中探。

放　懷十四鹽

胸懷高曠本安恬,底事縈情苦滯黏。白眼容他看世上,拓開方寸亦何嫌。

勵　志十五咸

備嘗辛苦與酸鹹,志氣還知具不凡。從此讀書勤自勉,非徒利市羨襴衫。

懷廖靜修

不分才樗櫟,偏邀萼譜收。論心金石比,合志漆膠投。桂闕香猶滯,鼇峰景尚留。何時明月下,把袂又同遊。

哭徐槐圃

槐圃今何在,青年羨盛名。字多臨古搨,文蚤入司衡。已合優才選,_{癸亥余與槐圃同舉優行。}偏教苦淚盈。_{槐圃以丁外艱不及赴考。}那堪深所慕,君自殞其身。

輓尊羙祖姑

驚聞姑祖病,廿里我親來。未接生前話,空從沒後哀。望雲何處著,奔月幾時回。莫道秋容瘦,黃花尚晚開。

夏日苦病

暑氣蒸人甚,渾身悵未安。添衣應苦熱,衫袷又驚寒。坐久觀書懶,眠深揭帳難。遙知憐子意,曾否勉加餐。

寒　夜

剛道嚴冬夜,多衣足禦寒。由來溫比玉,自得氣如蘭。心不因人熱,身隨到處安。古稱霜雪操,應着眼前看。

桂陰夜雨

雨滴簾前急,孤燈傍夜闌。竹窗頻送響,紙帳忽生寒。夢斷魂千里,愁添思一端。還將書萬卷,併作故人看。

家居

已分家資薄,年來節省難。一身當拮据,百事尚盤桓。儉樸行其素,貧窮任所安。高堂春晝永,菽水足承歡。

上弦

不欲關窗早,剛逢月上弦。斜暉方入座,爲結讀書緣。

哭内兄張槐堂四首

記得年前至此堂,依依舊緒結垂楊。春風一別成終古,枉使重來哭斷腸。

其二

堂上椿萱日正中,何堪桂子墜秋風。庭前幸有蘭蓀長,不負當年種德功。

其三

爲人艱苦是零丁,家事還拋付後生。勞得高堂垂白髮,夜深悲聽子規聲。

其四

君家玉樹已森森,管取他年慰母心。珍重讀書須著力,棲梧堂北凛遺箴。

友竹山房詩草卷二 古今體一百六首

浦城初寄家書

別來過半月，郵報一封書。遊子行將遠，慈幃望信初。艱辛勞客路，絡繹愧公車。時會試已先入都。此去經年久，平安慰倚閭。

過仙霞嶺

行程難計日，此日過仙霞。人自來千里，心猶念一家。閩山雲已隔，浙水路還賒。僕僕風塵上，豈惟玩物華。

舟次蘭谿

泊住蘭谿又一天，舟中小婦喚同年。江山船婦俗呼為同年嫂。我非見慣渾如慣，爾不爭憐劇可憐。酒債尋常何足較，客情瀟灑未成眠。寒燈細雨三更裏，自擁孤衾閱簡編。

二月十三日途中憶內

汝欲歸家我晉京，撫懷難禁兩相縈。安知此日行人處，最憶今宵拜母情。余啟行時內子擬此日歸母家。千里不辭騏驥足，一時聊隔鳳凰聲。秋來好報新消息，莫悔兒夫又遠征。

登嚴子陵先生釣臺

當年漢室中興日，首紀雲臺將相臣。光武豈曾忘故友，先生却自作高人。元勳蓋世誰千古，勝蹟留今只一身。百尺釣磯深仰止，垂竿應別有絲綸。釣臺二亭書"留鼎一絲，垂竿百尺"。臺下有祠祀先生，名人題詠甚夥。

至杭州感家東坡公守杭舊事，未往西湖一觀

武林原是舊名區，太守當年亦姓蘇。因逐星旌朝北斗，未看風景到西湖。昔人政績今何若，此地山川古不殊。見說六橋堤柳盛，坡公往事尚存無？

過　太　湖

幼覽輿圖誌，蘇州有太湖。滿天雲倒照，匝地水平鋪。草共波痕長，魚忘浪影俱。乘風舟過此，勝概扼全吳。

到蘇州拜家檢討星山公旅櫬於溫陵會館

拜公旅櫬爲傷神，同處家鄉屬至親。二十年前老成輩，三千里外未歸人。名登上國方尊齒，車返中途竟殞身。骸骨應教還故土，紙錢燒罷話來因。

登　虎　邱　山

虎邱山下載舟來，起向山中看一回。試劍何年留片石，講經今日有高臺。_{上有試劍石及生公講臺。}橋通短澗聯亭閣，塔出重霄映斗魁。況有翠華臨幸處，新陰原是舊栽培。

高郵露筋祠二首

道旁投宿訪耕夫，嫂氏猶應愧小姑。何事書中多異解，南宮舊記尚存無？_{河南有米南宮碑記。}

其　二

傳聞安必事非真，貞女從來不失身。莫道當年筋已露，至今猶是一完人。

過和聖柳下惠墓

先生原是聖之和，其奈行難直道何。辰却知賢終竊位，蹠徒爲利竟殊科。

高風柳下人咸仰,古碣途旁石不磨。見説當年營葬地,靈鍾槐蔭尚交柯。墓有二槐,枝柯交結。

過楚霸王墓二首

八千子弟起江東,底事弟兄結沛公。昔日鴻門能不殺,英雄自是惜英雄。

其二

入關不合火咸陽,失却民心轉自亡。成敗真教分兩蹶,空留遺塚在江傍。

過高唐東方朔故里二首

神仙何事遠相求,曼倩當前識得不?惟有西池王母降,蟠桃見説此兒偷。

其二

丈夫原自勉居諸,我亦三冬愧讀書。文史敢誇能足用,因過故里爲躊躇。

乞錢歎

天不生人則亦已,何至窮苦多爾爾。當途一見車馬來,急向塵泥雙膝跪。呼盡爺爺乞一錢,一錢不與轉淒然。跟著車行乞且訴,此地凶荒今三年。秋無黍稷夏無麥,饔飧不繼匪朝夕。病者老者不能謀,扶向道旁求行客。我聞此語亦皺眉,難道一錢足療饑。十客行來九不給,沿途施濟力難爲。就中更欲爲區處,安得羣生毋失所。戔戔小惠將何庸,惟有上天能活汝。願天今歲蚤降康,家有饒積倉且箱。相與含哺鼓腹樂,衢歌壤擊謝彼蒼。

老馬行

老馬効馳驅,日行千餘里。捷足誰先奔,前途同戾止。所貴筋力堅,毋事爾迅駛。勞勞車上看,周道直如矢。須臾風塵飛,人面阻尺咫。匪爾何以行,我將騏驥比。世非伯樂求,詎易千金市。

三月十四日宿富莊驛，懷同邑陳丁浦祥光、鄧春波夢鯉、陳木齋向榮諸公試禮闈

京師此去路還長，催赴前程宿富莊。獨我後來逾一月，諸公先至試三場。文章好冠軍中選，姓字端看榜上揚。況是同袍情更切，今宵兩地正相望。

過河間府瀛海驛唐十八學士登瀛洲處

學士稽唐代，當年紀勝遊。才難三代比，數倍九人儔。經畧王家用，忠良許氏羞。即今登帝闕，不僅羨瀛洲。

過鄚州王昭君故里二首

肯遣宮人往事胡，漢家原自失前圖。還應不殺毛延壽，才見君王好色無。

其　二

訴盡琵琶不忍行，主恩難報亦難明。錯教人去真成恨，故土猶留舊姓名。

曉發雄關用壁上過客留題原韻二首

雄關天欲曙，促駕赴長程。晨鐸餘清響，征鞭發早聲。燈搖人影亂，風送馬蹄輕。好步康莊去，前途近帝京。

其　二

登車頻駐足，檢點上行裝。少睡神猶足，微吟緒正長。疎燈偏寂寞，曉路不憁忙。千里南來客，回頭憶故鄉。

過涿州黃帝擒蚩尤處口占清平歌

軒轅御宇世昇平，萬國納賮共輸誠。蚩尤狡獪獨抗衡，能作大霧迷天晴。帝以南車指示明，五十餘戰心膽驚，視之有如攫孩嬰。數千年來代屢更，上古戰地猶留名。方今天子德化行，王師無戰日有征。客歲小醜偶異萌，大將進討統

萬兵，一路五里十里營，羽檄馳告慰羣生。涿州孔道煩送迎，回頭旋載凱歌聲。
猗歟休哉我大清，從古奏捷孰與京，億萬萬世道咸亨。

榜後送家伯濬邨夫子南旋

迢迢萬里賦歸程，多少公車悵此行。三薦蚤知文人戮，六旬深冀晚成名。
奚堪方叔猶難遇，誰爲劉蕡更不平？轉瞬春風催北上，龍頭終是屬先生。

端　午　日

遊子天涯憶故鄉，況逢端午倍思量。萱幃重蔭憐年老，艾酒初斟度節忙。
客地平安聊自慰，家人艱苦爲誰嘗。料來今日兒童喜，角黍新纏綵縷長。

張淑芳誕日

端陽節後汝生辰，異地相思入夢親。千萬囑卿當愛惜，再三憐我不嬌嗔。
天教有命終宜貴，日計無糧且耐貧。作客母家聊寄頓，遙知時憶畫眉人。

別　憶三首

平時愛我自嬌羞，送別偏教淚欲流。知是此心難耐處，怕人窺見却回頭。

其　二
無端又拭淚痕斑，強對人前作笑顏。未問行程何日到，先言郎去幾時還。

其　三
我來千里詎忘情，月色遙臨最憶卿。昨夜夢歸相對語，教描蝴蝶一圖成。

五月十六日家慈誕辰時年五十有四。

侵晨遙望祝萱堂，千里心依蓺瓣香。艾歲於今過四載，蘭孫此際列三行。
承歡慣見綵衣麗，介壽猶斟蒲酒芳。爲憶今朝慈母話，言兒四月別家鄉。

寄家書

紅箋寫就墨初乾，筆下低徊事數端。作客每防多疾病，寄書仍説近平安。要知親老思兒遠，却爲家貧憶弟難。此去秋風歸報日，一緘應共桂花看。

六月初十日禮闈朝考

禮闈試罷日微斜，八韻推敲手自叉。恨昔看書多失記，愧今臨事只徒嗟。三年至此知非易，一字聽來悔却差。時欽命豐玉荒穀詩題，余與粵東同年陸鳳阿同號舍，俱誤用荒穀爲王稚恭故事，與《世説》作庚亮、庚翼一家不合。遮莫功名原有定，饒人艷説榜頭花。

六月十八日保和殿覆試恭紀

已分難題榜上名，蒙恩召覆附羣英。大臣分校雖相賞，溢額升除轉自驚。舊例召覆十餘人，覆後有擯落一半。鳴佩金鑾邀寵渥，揮毫玉殿沐殊榮。天顏咫尺瞻依近，報國文章愧晚成。

代祝方容齋夫子壽

得瞻師範已三年，最是文章道誼聯。問世真如山斗仰，作人端比鑒衡懸。早推經濟登芸閣，久荷絲綸到木天。南極星輝長紀頌，玉堂清署一神仙。

六月二十九日禮部引見外用恭紀

紫陌雞鳴報曉天，春官引上玉階前。近光初識龍顏悦，並步還看鷺序聯。已許微才膺百里，不須高第盼三年。皇朝慎選親民吏，慈母心腸自凜然。

七夕

牛郎織女會大河，知否人間巧事多。遠客難忘佳節過，深閨今夜更如何。

七月初八日祖母誕辰

祖母年今七十五,一生孀節多艱苦。三年結髮祖先亡,三月遺娠生我父。生時歡喜動比鄰,知天不絕未亡人。堂上高祖曾祖妣,一門三代愛如珍。父年十八娶我母,生我弟兄我居首。弟兮妹兮喜相隨,祖母顧之樂所守。我方弱冠廁泮宮,諸弟尚在襁褓中。大者買書小買菓,金錢不自惜囊空。轉瞬孫曾環四代,掌上雙珠最鍾愛。負笈殊憨萬里遊,我未歸來父見背。祖母痛割淚交垂,自言苦守何若斯。昔時哭夫今哭子,傷心欲訴更增悲。十餘年來承先志,菽水盡歡朝夕侍。無何次弟又早亡,祖母愛孫倍垂淚。顧我讀書冀成名,客秋拔萃樹先聲。春暉待報心何限,二月春風上帝京。博取一官將遠去,回頭祖母旋縈慮。瓜秋初八是生辰,遙祝難忘人異處。焚香曉起拜南天,伏願高堂壽算延。倘教籤分發近省,迎養更喜屬安便。立志誰不凜冰雪,難得孀居賢且節。精神猶自紡績勤,竚看大年躋耄耋。祇今繞膝滿孫曾,孝節食報世共稱。力田讀書與作吏,但冀孫曹各爾能。

懷族中諸祖伯叔

爲借行資就道難,多蒙贈我上長安。馬蹄春色勞鞭策,鵬翮秋風振羽翰。敢道宦途將利達,猶憐家計本貧寒。幸今無負諸公望,尚冀教余作好官。

附寄張英齋內弟并示淑芳

廿載寒燈屬望奢,漫將勝事向人誇。最憐我去求官日,還令妻來寄母家。愛姊不妨多累弟,對兒難禁暗言爺。歸期遠道休先訂,珍重秋風惜桂花。

夜　　雨

秋雨簷前滴,聲聲入夜長。似憐人寂寞,暫隱月微茫。漏已迷清響,風還送早涼。孤衾時自擁,私事費思量。

請假回籍

爲憶慈親兩地望，承恩乞假暫還鄉。將教萬里離家遠，難禁三更入夢長。毛檄捧來程有限，萊衣歸去舞成行。明春又向高堂別，遙指西征快束裝。

出都

幾時北上又南旋，僕僕風塵近一年。回首國門紅日下，歸心客路白雲邊。主恩猶爲親恩念，臣職何堪子職捐。報最還期來帝闕，撫懷雖去尚依然。

穀城早行

曉擁征裘出穀城，舊縣即古穀城地。山途彳亍認分明。車從石罅扶輪過，馬向溪坳勒索行。簾幕低垂防露冷，鈴音遠送覺風清。月華最是今宵好，自對晨星數客程。

過滕文公行井田處

井田無復見行時，勝蹟猶存古石碑。只爲當年親孟子，便教萬載有公祠。

宿韓莊墩過微山湖晚眺

水色湖光四面青，歸途又是眼初經。墓存微子山因重，山有微子墓在，故名。窰出文端地亦靈。山中有呂文端公未第時住居窰地。邨裏酒帘多傍柳，堤邊魚艇半浮萍。秋來風景真無限，極目飛鴻認遠溟。

過邵伯湖晉謝東山鎮廣陵築此堤，民思其德，比於邵公，故名。

湖水碧於油，汪洋匝地浮。錯看田作海，旋嘆屋如舟。時湖中水決，人居皆被侵壞。風雨添新漲，桑麻失故邱。誰稱今邵伯，應速計工修。

晚望金山寺

誰將金世界，鑄出此名山。樓閣魚鱗疊，亭臺雁齒環。崚嶒秋色外，煙爍夕陽間。舟上頻回首，遊觀興未刪。

重遊虎邱

又約同儕到虎邱，秋來春去兩番遊。菊花添我吟詩料，桂棹饒人數酒籌。爲屆登高看絕頂，不嫌歸晚泛中流。名山最占繁華勝，曲折回環境自幽。

次蘇州祭家星山公檢討旅櫬於溫陵會館，並陳顛末

聞公少讀書，聰穎自絕類。弱冠入泮宮，科甲期立致。云何近耄齡，猶滯場屋試。豈知白首心，不墜青雲志。高廟六十年，詔命奏人瑞。公年八十五，詞翰荷御賜。被服足光榮，更感聖恩貴。時賜大緞二疋。將謀晝錦旋，俟爾整車騎。有姪喜偕行，家濬村伯亦同會試。有子勤奉侍。吁嗟老人身，顧此殊自慰。匆匆告同鄉，微恙不足異。炎蒸日苦長，公倦時耽睡。詎知病日臻，中途孰醫治。計地到河間，計程日行四。扶病覓棲車，溘然終旅次。天胡不少延，奪公何太易？孤子泣且號，棺衾慮難備。嘉哉主人賢，解識窮途事。一一爲籌謀，仗義不計利。況姪一族親，敢說同行累。子復返京師，姪自攬歸轡。幸有鄭六亭，六亭時在京官教習。爲念桑梓誼。捐資乞官僚，足以供度費。無何子南回，隻身又遐棄。子復沉沒於萬年閘。嗚呼公父子，艱苦世罕譬。上既無弟兄，下又少賢嗣。夫人哭中幃，當路爲酸鼻。維時吉十七，聞言亦垂淚。私念得北行，爲公舁櫬至。六亭獨關心，先向族人議。儂族聚千家，何難効一臂。嗣聞昇歸來，闔族歡若沸。迺以資斧乏，旋向姑蘇寄。越今二十年，吉始經此地。來時拜告公，更訴六亭意。六亭官教職，中戊午省元，會試數科未第，是歲與吉擬同扶櫬歸里，復因不第，刻期回任。顧吉半生中，名韁屢蹶躓。自分力不能，此心還深冀。幸充拔萃科，蒙恩擢外吏。籤分發

邊疆,請假竟胡謂。堂上有重慈,願效萊衣戲。歸程次蘇州,數日心如醉。憶昔期望奢,撫懷頻自愧。何詞可告公?前語公應記。欲扶旅櫬歸,奈吉囊已匱。欲負骸骨返,又覺前功墜。中夜起思維,展轉不能寐。耿耿此初心,望風復歔欷。旋攜楮錢來,告公情弗諱。明歲將西征,此事何日既。倘以公有靈,始終言奚貳。

遊西湖

夙慕西湖勝,歸來得偶遊。六橋環似帶,一水綠如油。壽佛龍光見,忠墳鳳藻留。<small>岳鄂王墳祠有高宗御詠。</small>劇憐清賞際,風景屬三秋。

九月十五日,憶家蕙圃叔祖<small>公以去年是日卒,年三十六。</small>

人生何最苦,死別與生離。死別長已矣,生離歸有期。憶昔去年今日裏,我寓榕垣未歸時。如何公病纔匝月,竟爾奄忽騎星箕。嗚呼!公之母,逾古稀;公之室,方抱兒。一朝成永訣,門戶付誰持?所賴兄與姪,不爲骨肉欺。我歸中途聞嘆息,恨不親見哭盡悲。今年我始離家日,公得坎窞腹所遺。呱呱兒泣母亦泣,人來道喜淚交垂。矧我與公少年相契好,胡爲一生一死長相辭?公死一抔之土猶未葬,我生萬里之地將驅馳。吁嗟!死生誰能不相憶,只恐公曾見我我不識,我自思公公不知。

次杭州與粵東趙松門<small>允森</small>同年共舟

迢迢粵水白雲天,爭奈言歸事悵然。<small>松門時丁外艱歸里。</small>握手逢君千里外,傷心似我十年前。<small>甲子先君謝世,余亦在外。</small>相憐孤子離家遠,最慮長途解纜延。此後不知何日會,分攜蘭譜姓名聯。

龍遊舟中

上水舟行遲,下水舟行速。我坐上水舟,見此殊逐逐。天地非不平,人心有難足。遲速各異時，循環如轉軸。

舟行遇雨

四野雲初合，秋風送雨來。烟迷疑暗渡，蓬濕怕斜開。灘水聽新響，沙堤滌舊埃。前邨紅葉下，點滴到蒼若(苔)。

舟中曉起

五更酣夢到家鄉，翻悔歸來錯較量。起看南天雲白處，慈幃近日正相望。

到清湖

作客歸心亟，爭如上水難。換來輕重載，挽過淺深灘。行李宵防患，征裘曉畏寒。明知家尚遠，至此已先歡。

過蘇嶺

未見家山面，先過嶺是蘇。平安欣問竹，入定欲參蒲。雨暗千林密，雲深一鶴孤。春來秋又返，終歲此馳驅。

過大竿亭

竿頭亭上望，南土此分疆。浙水經千里，閩山指一方。天還寬境界，人是近家鄉。回首燕臺日，悠悠客路長。

漁梁嶺上

漁梁遙指夕陽西，萬里歸鴻認雪泥。雨腳最防粘履滑，雲容偏覺綰鬟齊。地經過處路應熟，嶺到平時山已低。不道崎嶇行獨慣，筍輿扶我日攀躋。

立冬日浦城道中

計時今又是新冬，度節頻教客路逢。籬菊不隨殘雨落，嶺梅猶帶曉雲封。

寒催天氣誰炎熱,冷看人情自淡濃。屈指家鄉何日到,夜來身已在雙峰。

十月初二日建溪舟中即事

客中心事費支持,一路風霜只自知。水淺翻嫌秋雨少,烟深錯認曉晴遲。近鄉書懶行前寄,入夢情縈醒後思。最憶家人團坐語,去年今日是歸時。

有　　懷

事已經年隔,花曾此日開。幾時風信杳,又得一番來。

十月初六日萬壽恭紀

我皇御極萬年圖,壽域宏開遍海隅。五五初分天地數,三三長聽嶽嵩呼。今上萬壽五十有五。羲軒以上齡同紀,堯舜而還治並摹。敢道陽春今尚小,九重恩澤已覃敷。

卓地晤道興叔

幾時千里去,今日又言歸。晤面人如昨,談心事豈非?商量新作客,撿點舊征衣。爲訂春來約,重過得所依。

到　　家

此時休作錦衣誇,爲計囊資故到家。久客幾忘鄉已近,初官却慮路還賖。問心何事堪先慰,繞膝於今莫自嗟。惟冀慈幃綿壽算,不妨遊子在天涯。

之官甘肅留別鄉中二首　乙亥二月。

一官萬里計途程,多謝紛紛送別情。望我豈徒新邑宰?親民猶是舊書生。慈幃壽永欣重蔭,聖世恩深願遠行。移孝作忠臣子志,春風指日即長征。

其　　二

秦雲閩海各方天,握手分歧意悵然。不盡談心懷此日,何因謀面訂他年?

巍科好報同鄉信,薄宦還隨異地緣。萱室幸邀丹誥渥,期將晝錦賦南旋。

出門示內子

與卿諧伉儷,白首誓相憐。作宦期予早,宜家冀汝賢。高堂將菽水,稚子課芸編。明歲春風好,鶯聲報遠遷。

崇安寄家書

行色匆匆拜別難,雲山到處每回看。此身應是長爲客,所志偏逢遠作官。萬里程將親閱歷,一封書始報平安。遙知堂上春暉永,興養還期繞膝歡。

過武夷山

舟人遙指武夷山,山下泉流九曲灣。境冠八閩誰與比?春當三月客登攀。峰巒秀出諸天外,磴道高懸半石間。玉女料應憐遠去,歸來好認舊時顏。過玉女峰,停舟佇望。

過黃州坡公游赤壁處

赤壁當年紀勝遊,山川豈改舊黃州?地非曹氏焚舟去,名爲坡公作賦留。萬里猶容客西望,一江惟見水東流。文人到處皆成景,何必區區問是不?

留鬚誌感

幾時薙髮莫芟除,漸覺鬖鬖一寸餘。照鏡應憐青縷細,吟詩欲将紫莖疏。增來老態年還壯,話到兒嬉景已虛。猶憶齊眉人笑語,而今不是相君初。

新　月

一彎新月上,兩地正相望。爪訝留痕細,眉看畫影長。團圓他日事,隱約此時妝。種桂人知否?應憐夜照牀。

遜邨葉表弟偕余西行，途中偶懷

天道何從問有無？承祧應是貌遺孤。先外祖以文學終舉。舅氏及家慈舅氏蚤卒無子，遜村以堂姪承嗣。外家繼起端期汝，遠地相依好慰吾。共說治民如保赤，遜村精於種痘，所醫幼稺皆活。敢云愛屋始憐烏？壯懷還看高飛日，莫自因人作下趨。

偶 成

萍踪到處每相投，莫以年時負壯游。對客有談皆麈尾，思家無夢不刀頭。因懷往事頻搜篋，催赴前程晚繫舟。好趁長風千里去，計程何日到蘭州？

過湖北雜咏二首

余方向西去，水竟作東流。回首湖山外，心如不繫舟。

其 二

茶香猶未歇，指點火爐紅。忽聽回波響，明朝是順風。

舟 中 早 行

解纜今朝快早行，曉烟衝破一天晴。風宜東至征帆順，水自西來激浪平。隔岸遥看官舫字，前途頻問某邨名。篙工自向船頭睡，好聽沿流鼓棹聲。

唐 宮 遺 事

太原公子褐裘至，虬髯一見識奇異。胡爲起兵說庭幃？夜半宮人潛入侍。化家爲國思汝言，一朝忍使倫常墜。無何兄弟肆干戈，有婦旋教收粉淚。恬然育子令繼承，含垢罔顧外人議。當時朝政肅紀綱，治國齊家分二致。才人翻作長髮尼，佳兒偏以佳婦棄。君之愛子幽別宮，終令婦人竊神器。點籌復不除根株，五狗四鬼争狐媚。中興社稷屬何人？金錢又向洗兒賜。胡塵蔽日擾中原，馬嵬難爲妃子庇。不鑒前人舊事非，子婦入宮等兒戲。嗚呼！貞觀之治幾三代,關雎麟趾之意終安在？君臣父子兄弟慙德多,三百年來不復舊山河。碭山一民循覆轍,眼見刺腹鮮鮮血。

山行二首

四圍歷落盡高山,未到秋來欲改顏。半是黃雲半黃壤,年年憔悴爲民艱。

其二

崎嶇山路嘆難行,坐擁籃輿每自驚。是否問心能不險？好將平易慰民生。

過商山四皓墓

秦鹿一朝失,高帝獨稱雄。如何寵人彘？幾欲危儲宮。商山有遺老,入見自從容。祇今傳軼事,千古仰芳蹤。巍巍一堆土,無復話橘中。商州城東數十里,有商山四皓墓,城西亦有四皓墓。

過秦嶺謁韓文公祠

秦嶺崔巍天四垂,登臨再拜謁公祠。一封諫表因除弊,八代文章賴起衰。遠謫能教魚退聽,前來猶礙馬長馳。後生瞻仰雲橫處,萬里家山動客思。

遊藍橋韓湘子碧天洞

古洞谽谺別有天,此間化鶴幾何年？好將霖雨蒼生望,來乞仙家一勺泉。洞爲藍田人禱雨處。

過古長安

百二秦關壯,長安舊建都。地仍周召治,碑尚漢唐摹。王氣當年盛,民情此日輸。豳風時繪頌,拱北廓皇圖。

端午日次邠州

憶自春來閱幾時,端陽尚向路奔馳。風塵撲面誰相識,霖雨關心我獨期。

異地每逢佳節過,同途共起故鄉思。高堂喜取蒲觴酌,又爲今朝念及兒。

謁周太王祠

亶父遷岐日,周家始盛時。羈商無素志,避狄有深思。地恐侵兵害,民懷去國悲。祇今千載下,戴德泐遺碑。

涇州嚴家山二首

小閣低臨捲翠簾,遥看紅袖露纖纖。青山却爲當年恨,此地何幸屬姓嚴。

其二

憔悴幾如雨後花,無端一曲訴琵琶。不須更問傷心處,羞説前朝宰相家。

平涼道上

計程今喜入疆初,回憶南來兩月餘。愧我未能爲父母,逢人猶欲話詩書。愛宜冬日寒威減,慰以春風庶類舒。邊境荒凉漸領畧,停鞭不忍促驅車。

宿瓦亭驛

廿里崎嶇道,河灘亂石間。幾忘通驛傳,又覺度關山。地本凝寒重,民看食力艱。瓦亭聊一宿,峻嶺好登攀。

過六盤山

七盤坡過藍田路,自河南抵陝西,由藍田縣,有七盤坡。六盤山向平涼步。平涼山水異藍田,時當五月尚寒天。左右峰巒多奇特,披裘緩步亂石側。輪轅欲上馬蹄慳,半日十里始躋攀。紅花開遍山芍藥,行人折取旋遺落。山有野芍藥盛開。我來不敢折餘枝,轉惜邊寒春較遲。春風何日潤幽草,四圍入眼多枯槁。淒涼風景不勝愁,登臨回首望山陬。民貧種麥無棄土,營窟猶仍風太古。關山始越莫辭難,人生當以隨遇安。君不見,竇憲出師駐此地,三軍還得擁征騎。矧逢太平達遠方，貢使商人日紛至。又不見，黃帝御宇擴宏圖，羌胡以外悉情輸。祇今新疆萬里闢，馳驅山道屬康衢。

家慈誕辰時年五十有五。

年登重五老慈親，萬里今朝憶誕辰。蒲酒好斟南至日，是日適逢長至。薝花長護北堂春。西關望隔懷兒遠，東海籌添閱歲頻。菽水承歡娛綵舞，可知遙祝屬行人。

宿安定喜雨

我來自仲春，五月莅西土。不敢說艱辛，漸覺邊情苦。草屋雜窰居，荒村垣數堵。地高天氣寒，盛夏不知暑。禾稻既不生，惟藝麥與黍。南來麥早收，至此穗始吐。道旁問老農，老農爲我語。未春怕嚴寒，二月方種樹。土燥秀實難，十日期一雨。井汲少深泉，難以人力補。我聞老農言，所賴天活汝。夜半走雷霆，歡聲達比户。側耳聽淋漓，手足爲起舞。

宿苦水驛

將歷甘州路，先過苦水程。是誰嘗旅況？於此識民情。冰雪年來凜，風塵日與爭。呼童烹茗上，猶覺一杯清。

平番道上

幾日平番道，邊墻一望賒。地高天不暑，民苦俗無奢。麥刈三秋穗，楊飛六月花。敝裘春復夏，矮屋是儂家。

過永昌望山中積雪

六月天猶冷，山中雪未消。奇峰雜雲霧，遠岫列瓊瑤。地本寒威重，人忘暑力驕。冰心應共凜，不逐雨風飄。

長　　城

嬴秦六國始兼并,有鹿不慮中原爭。要將一世傳萬世,防胡尤自築長城。長城橫亙一萬里,高處依山低傍水。半為民血半民膏,築土成垣長不毀。無端楚漢各爭強,入關不事踰邊牆。邊牆未見峰烟警,咸陽先已火阿房。始皇枉把民力竭,白骨黃沙怨愁結。驪山之下起長眠,曾否再傳不瓦裂。君不見,長城之築累生民,羌胡不入亦亡秦。又不見,長城之畫綿如帶,後世版圖式廓更出長城外!

至　　肅　　州

計日催前道,驅車破曉行。天方三伏熱,月尚一輪清。渡水波痕淺,衝烟暑氣輕。濃陰楊樹裏,隱見肅州城。

住肅州二日誌感

一路征車報使星,到來應不厭居停。傾心小草初依砌,入手新花總插瓴。雨露承天同化日,李桃得地異浮萍。他時會識東風面,曾否前番眼放青?

肅　州　差　旋

來時車馬嘆難行,返斾身同一鶴輕。屈指瓜期今已屆,秋風相送短長程。

過山丹縣大禹導弱水處

三百名川盡赴東,偏於弱水不相同。若非解向西流便,逆導何從見禹功?

七月初八日祖母誕辰時年七十有六。

題旌今沐聖恩覃,茹苦應教晚節甘。去秋呈請禮部行查節孝,今年例得題奏。客歲秋風歸闕北,今朝壽日憶閩南。八旬方喜年開六,七夕難忘事乞三。《風土記》:七夕施几筵於庭,守夜者乞富、乞壽、乞子,不得兼求。但願延齡符遠祝,承歡長得奉飴含。

送高臺令周又溪礦入都

　　知交何幸聚蘭城？氣味相投勝弟兄。北闕恩頒新入覲,西陲功紀舊從征。霓旌終副爲霖望,雪路先教捧日行。此去九重春色麗,梅花香襯馬蹄輕。

友竹山房詩草卷三古今體一百七首

慶陽懷古四首

周家八百重開基，此地民猶稽事宜。莫道舊邦今已改，城東不窋有遺碑。
_{城東有不窋墳，碑碣尚存。}

其　二

宋室治平仰范韓，慶州還塑舊衣冠。熙寧梁棟垂千古，更喜高平兩世官。
_{城內有韓范祠，府署爲范純仁宋熙寧九年重建，梁上鐫欵尚存。}

其　三

節義千秋數景清，夢陽小米擅文名。地靈人傑今何若？講席諄諄勵後生。
_{李夢陽、景清、米萬鍾皆北地人。城有鳳城書院，余攝講席半載。}

其　四

是誰泛水引鵝羣？勝蹟流傳異所聞。幾度憑高城上望，一泓春暖漲新紋。
_{城東有鵝池勝景，爲城中取水處。}

題風箏二首，爲慶陽太守王少君作

幾時擡舉付東風，一望雲霄掌握中。此去難將尋尺計，好看抱負出兒童。

其　二

無限臨風玉比清，飛鳴曾許任縱橫。不應此際關人手，殿角稜前聽笑聲。

勸百姓完糧歌

蒞邑過半載，從未親下鄉。問茲來何事？云是催完糧。住鄉數十日，輸納誰激昂？苦心前勸勉，願爾心思量。取民惟什一，往古有典常。朝家輕稅歛，視民恆如傷。取爾僅升斗，爾積已倉箱。此外非所問，歲惟豐年望。及今屆秋穫，珠粒堆圃場。顧爾滿車簣,胡不急輪將？爾試將身比,種地慮凶荒。終歲勤稼穡,十口需稻粱。況爾索租者,衣食資蓋藏。佃家或負爾。控告集公堂。云何關正賦,不肯破慳囊？貧富各有限,拖欠累自當。追呼日益迫,差擾費難償。一旦被鞫究,刑罰及桁楊。慎勿圖倖免,此計非久長。不聞先賢訓,至樂無殊方。惟早完國課,安穩免周章。爾當知奮勉,激發存天良。所望諸父老,相勸徧村莊。勖哉爾百姓,須聽告語詳。

中秋夜遊鐘樓寺,晤思文上人

爲愛中秋月色新,天教風雨洗埃塵。是夜大風雨,更深月明如畫。得消今夜遊人興,難忘當年選佛身。三年前此夕,南闈始畢,今年又值試期。貝葉經繙聊對語,桂花香濕又誰親？團圞萬里深雲望,無限清光共一輪。

思　家

薄宦天涯感歲寒,秋風歸報近平安。思家每爲青春惜,問訊遙知白髮歡。侍養一堂兄弟樂,相隨萬里女兒難。計程何日關西路,好向梅花雪裏看。

蒞任安化將滿一年誌感

作宰彭原近一年,安化舊有彭原縣,今合爲一。愧無政績利民便。舊邦新命懷周治,後樂先憂仰宋賢。府城即周不窋封地,今稱爲周舊邦,宋爲慶州,范文正公父子皆知此地。慈母心腸時凜若,書生面目總依然。鳳城何幸容鳩拙？感荷君恩出日邊。

詠　炭

已分摧枯隱草萊,無端又自出山來。相看黑面真如鐵,獨具丹心未肯灰。熱不因人隨所遇,寒方近汝覺時催。曾經百折猶剛烈,賦性休言本棄材。

詠　雪

天教來歲又年豐,六出飛花滿太空。玉屑飄零雲影外,金刀剪碎雨聲中。

麥田鋪處苗藏綠，茶鼎烹時火映紅。寒氣不嫌侵徹骨，祇緣入座有春風。謂太尊王藹人夫子。

偶　作

宦況經年領，其如吏俗何？簿書紛鞅掌，韻事半銷磨。梟烏辰趨早，蜂衙午擁多。書床堆案牘，自覺歲蹉跎。

寒　夜

料峭寒風急，眠時入夜深。窗明映霜雪，冰冷到裯衾。候火烟微歇，孤燈焰未沉。雞聲遲報曉，枕上託閒吟。

盼家表弟葉遜邨南來未至

六月天方暑，三冬歲又寒。如何勞跋涉？往返報平安。閩海千山隔，秦雲萬里看。懸知春信近，聚首話新歡。表弟擬攜眷屬來任。

于役肅州宿紅城驛

風聲瑟瑟拂征鞍，滿目紅林向晚看。吏俗頓教詩思減，身閒但覺酒腸寬。花迎人面憐秋瘦，月到天心照夜寒。坐對孤燈憶年少，那堪霜髩漸侵冠？

碾麥歌

南方種麥復種稻，一年兩次收成早。西北地寒歲一收，年豐還賴雨水好。今年見說歲豐穰，碾麥碾麥處處忙。磨牛拖轉他山石，滿堆珠粒揚粃糠。兒女較量爭持斗，老翁曝背蹲門首。老嫗補橐細紉鍼，對翁附耳強開口。兒啼無袴女無衣，寒風颯颯透庭幃。明日街上趁早集，持將升斗換布歸。老翁聽說長嘆息，老嫗老嫗爾不識。去年官租半未完，今年新賦又催逼。城中數日不敢前，差未索租先索錢。安得年年無逋負，家無餘積亦神仙？

驛路早寒

長短郵亭路，行行覺早寒。風吹霜葉落，月映雪花團。天氣三秋老，燈光五夜闌。孤衾如撥水，知屬客中難。

九月二十九日立冬

西風氣候早相催，幾度消寒酒一杯。月盡今朝覺秋去，天先此日送冬來。傲霜猶訪籬邊菊，冒雪徐尋嶺上梅。坐憶家園緣底事，山窗正好向南開。

古浪晚行

馳驅盡日馬蹄忙，月又將圓照晚光。路到歸來偏覺遠，夜當寒入轉添長。鄉村寥落數燈火，城郭迷濛半夕陽。爲向車前聽擊柝，無端細語問周詳。_{時因盤詰，行路城關，每逢人過，查問周詳。}

夜坐

夜坐看明月，團圓又一新。冷如冰作骨，寒以火爲鄰。索句材終拙，含情語未伸。深閨應我憶，同是不眠人。

戊寅攝篆武陽，月夜過訪學署，次廣文許熙齋_{廣陞}見贈原韻三首

疎慵心性惜年華，敢擁黃綢放早衙。何處陽春歌有腳？由來宦海嘆無涯。麤官顧我經三載，博學如君富五車。寂寞山城共攜手，好栽桃李及時花。

其二

漫說遷鶯是處喬，嚶鳴求友屬同僚。文歸藻鑑欣相賞，刃遇根盤敢試雕。鴻爪此時留印雪，鵬程他日看凌霄。官無長物清何若，共酌漳流水一瓢。

其三

案頭猶設讀書檠，爲課兒童夜有聲。入座春風應滿屋，到門明月已先迎。

新詩屬和慙依樣，舊事回思覺動情。不負本來真面目，當年我亦是諸生。

留題武陽官署四首

一官草草便爲家，轉瞬秋風又及瓜。憶我來時春二月，滿城桃李欲開花。

其　　二

作吏何妨當作師，殷勤大憲語垂慈。戊寅春攝篆是邑，屠方伯時在廉訪，勉吉曰："此行好當教官做也。"青氈敢自忘緣業，數月慙非化雨施。武陽素無書院，吉蒞任後，生童每月兩課列上第者優賞。

其　　三

半爲城郭半鄉村，土屋茅簷古處敦。莫道民貧官亦苦，耕田鑿井好相論。

其　　四

宦蹟浮萍任去來，風塵勞擾屬驫才。雪泥鴻爪他時認，知領鹽川況味回。

題狄道別駕黃槐坪理中親家小有園吟菊倡和詩二首

知公獨具種花心，每到秋時賞識深。舊話不從籬下寄，新詩祇在箇中吟。由來晚節同清操，是處陽春和好音。韻事當前差領署，小園佳趣擬追尋。

其　　二

山城如斗幾徘徊，滿眼黃花手自栽。地僻豈須三徑戀？天寒恰趁九秋開。句應囊錦饒佳製，篇復連珠盡雅裁。對此不禁慙我拙，泉明詞賦屬歸來。

留別武陽士民

爲民父母官，視民皆赤子。民亦具天良，動以父母比。顧我此番來，撫字情難已。知法不知恩，此語從何起。人言甘省之民知法不知恩，余前署安化曾題楹帖云："真箇愛民如愛子，是誰知法不知恩。"兹復書座右。勸爾讀書人，衣冠嚴視履。勸爾耕田人，手足勤舉趾。勸爾工與商，生計莫廢弛。爾各有身家，修齊爲正始。堂上幸逮存，朝夕奉甘旨。弟兄念同根，歡眠姜家被。夫妻重齊眉，相敬肅綱紀。孫子繞庭除，儉勤戒奢靡。更有姻族親，和睦式閭里。末俗漸澆漓，百端逞奇詭。小忿輒鬥爭，那管人生死？構訟來公庭，曲直憑片紙。聽斷誰如神，豈敢得情喜？矧爾健訟兒，出頭雙膝跪。刑罰有科條，莫以符足恃。是爾不愛身，非官不愛士。縱得邀恩寬，終難逃詬指。勖哉我士民，責人先責己。勿自啓釁端，勿自甘匪否？飲博莫傲尤，作事貴循理。稅賦早輸將，追呼免聒耳。處世守和平，持身顧廉恥。咸勉為良民，風俗臻淳美。我去從此辭，恩不及毛裏。父母舊復來，前任王若泉，今春署寧夏水利司馬，近檄飭回任。當更歌孔邇。為問父母誰？望望慭予企。

武陽新建奎星閣落成誌喜，並為諸生奪魁預券

城東高閣映朝暉，一道文星接紫微。奎壁已覘新氣象，棟梁仍屬舊飛甍。閣從文廟門左移建，棟梁俱照舊。光冲北斗花生筆，春入南宮柳染衣。邑進士任山東青城令楊純臣先生，國朝順治辛丑首魁南宮。好似鼇頭辛丑占，楊君聯奪錦標歸。

題淑芳畫扇頭紅梅，贈楊生松齡新婚二首

梅花新點映妝臺，誰向佳人比擬來？最喜一枝紅出色，教郎好作奪魁才。

其　二
明歲春風子便生，枝頭疏影畫斜橫。好花多結離離實，認取宮梅細喚卿。

武陽竹枝詞八首

山城斗大寂無譁，宦舍民居數十家。敢道門開容駟馬，西來獨得駕高車。城內居民不及百家，城門東西南三處，惟西門可以進車。

其　二
新修奎閣鎮城東，紫氣凌霄一望中。漫說登科未來事，文章早已冠南宮。國朝武陽未登鄉榜。

其　三
城西門外讀書堂，為問先生世姓楊。不重束脩教弟子，年年甘作嫁衣忙。城西惟廩生楊其馨設教，科歲兩試，出其門者十餘人。

其　　四

南望鹽川五里途，煮來雙井水成珠。朝朝集上薪如桂，六十餘家買盡無。
城南五里有鹽井六十五家，煮鹽歲輸課銀千兩，故柴薪甚貴。

其　　五

四鄉三里二屯民，邑小添來接壤人。第一錯居新寺鎭，村氓強半屬寧岷。
邑本狹小，國朝撥寧岷附近之地益之，計四鄉三里二屯。

其　　六

驛名三岔接岷洮，四望雲山勢漸高。道左往來重迎送，一官時亦戴星勞。
邑三岔驛通岷洮，岷州爲鞏秦階屬觀察駐劄之處。

其　　七

數畝山莊歲一收，全家衣食此中謀。終年辛苦誰爲力？始信哥哥合喚牛。
民俗自耕種以及碾運皆資牛力。牛後行歌，呼爲牛哥哥。

其　　八

習俗移人到處皆，儉勤質樸屬吾儕。莫言風土民情異，終是能安本分佳。
邑地瘠民貧，俗崇質樸，家尚儉勤，人少健訟刁悍之習。

題西寧參軍王春田坤種竹圖小照

可使食無肉，不可居無竹。我憶坡公語，有竹能免俗。矧君子猷居，自喜種新綠。何可一日無？斯言久相屬。同是愛竹人，芳徽溯遺躅。君今竹爲圖，我昔竹爲屋。友竹小山房，兒時解誦讀。余家別業友竹山房。撫茲畫圖中，悠然心振觸。彈琴坐幽篁，誰享此清福？輞川是君家，數傳生計足。穉子課詩書，槐堂又新築。春田有又新堂記，名人題咏甚夥。琅玕報平安，移種千竿玉。虛心即我師，直節存勁樸。顧我作吏來，風塵日馳逐。不俗惟此君，未忘舊面目。與君交始深，寄懷書尺幅。

題蘭山書院山長張玉谿美如秋屋讀書圖

人皆喜春華，我獨愛秋實。凡物榮於春，秋到返吾質。先生好讀書，參透此消息。爲繪秋屋圖，天然託妙筆。展卷小窗中，蘭山有精室。本是玉堂僊，歸來殊自得。桃李盼新陰，及時手培植。坐擁舊詩書，芸編訂散失。先生爲諸生時，曾在蘭山肄業。名士住名山，況更宏著述。請看秋樹根，讀書黃葉積。歐子賦秋聲，方夜聞瑟瑟。何如雲意閒？點綴秋山色。

先大人諱日誌感

每逢秋日望南天，悵絕趨庭十六年。椿蔭不教留晚景，松楸空憶鎖寒烟。八旬大母身猶健，萬里驨官累未捐。獨幸板輿迎就養，歡承舞綵慰重泉。是歲七月八日爲大母八十壽辰。

題長武令李裁之大成荷莊撿存詩稿二首

仙吏詩才兩擅長，六旬居士老荷莊。宦游又續新花樣，荷莊詩稿付入關草。家學原推古錦囊。驛路三秋情欵洽，庚辰秋暮過訪，承惠芳筵，並賜《荷莊詩草》。海門萬丈氣光芒。稿中有句云"紅動海門初日上，青浮天宇早潮回"，雄偉奇警，逼真盛唐。行間佳句饒吟賞，撫卷慙余賦報章。

其　二

君家東粵我南閩，何幸花封更比鄰。余今春播篆正寧，茲又移署靈臺，皆與長武接壤。循吏聲名追兩漢，異鄉風景話三秦。寒生玉塞添詩料，清映冰壺脫俗塵。他日新編歸壓軸，數年官況不爲貧。

靈臺八景有序

按：靈臺即古密須國，周時靈臺之作在陝西鄠縣，此地去邠、岐尤近，或即當日築臺之處。志書之辨，疑信相參。惟山川人物之盛，卓有可觀，歷代名流題詠甚夥。聽政之暇，涉覽山水，因即志書所載諸勝，綴爲八景，詩以紀之。

荊山日麗縣治負山濱川，城內北山舊名臺山，多奇木異鳥，甘泉秀石，而荊花尤茂，故一名荊山。

是山何事別稱荊？詩咏靈臺舊有聲。陶穴還留風太古，看花最愛日初晴。閒臨絕頂尋遺蹟，俯覽平疇指故城。舊城近川，後改築山下。敢道民情今昔異，子來猶得署堂名。今衙齋二堂猶署曰子來。

仙洞雲深縣東南二里，柏林蒼翠，蔚然可觀，故名蒼山，東有白雲仙洞，元清虛子王志謙煉道處。

縹緲仙踪不可尋，天然古洞白雲深。迷離春色苔封徑，淅瀝秋風柏滿林。丹竈何年看辟穀？蒼山此日聽鳴禽。修真見說清虛子，誰識當時煉道心？

孤峰午照縣東北里許，孤峰突起，日中無影，名隱形山。蒼松古柏連抱參天，舊有雲寂院，今廢。

隱形山上一峰孤，日到天中四照無。雲寂空教窺色相，嵐光未許映眉鬚。凌霄秀挺松爲伴，特地浮來月與俱。好看夕陽賦歸去，相於晚景話桑榆。

達水丁流縣西川曰達溪，南川曰蒲川，匯於城外，宛成丁字，至邠梁山入涇，邠志梁山黑水即此。

達水蒲川匯入涇，城前一畫字如丁。澗松秋老波迴綠，岸柳春濃汁染青。源向西南分異派，瀾翻上下映文星。魚龍曾見騰蒼浪，人傑由來本地靈。按：靈臺自漢、晉迄隋、唐人物稱盛。

書臺月朗縣東北五里，晉皇甫士安讀書處也，名書臺山。按：士安自號元晏先生，靈臺人，有傳。

山中誰築讀書臺？元晏先生著作來。載籍兼修高士傳，按：先生有《高士傳》等書行於世。行踪不與俗人猜。天還有意憐衰草，雲自無心鑱綠苔。按：晉武帝頻召敦迫，先生以尪敝辭，不就。幾度登臨深景仰，長留明月共徘徊。

別墅烟濃縣西南二里曰離山，下即至定寺，乃唐牛僧孺別墅，有手植銀杏一株，廣蔭數丈，今存。

南望離山簇曉烟，牛家別墅仰前賢。庭培老樹流芳遠，郡襲奇章繼緒綿。按：僧孺係隋牛宏之後，俱晉封奇章郡公。父子天倫能悟主，唐文宗時莊恪太子事，見本傳。詩書世業冀承先。於今梵剎仍居址，棟宇巍峨代幾遷。

密城秋望縣西五十里曰陰密城，唐武康郡王李元諒築。今名百里鎮，西有料馬臺，闊平數頃。

城臨陰密紀來遊，料馬臺前雨色秋。三女西來傷故壘，按：西有三女川，周共王游涇，密康公從。時有三女奔康公，故名。兩川東逝繞荒邱。旌旗昔覩軍容盛，蓑笠今觀稽事修。民俗可無驕悍氣，好將風化溯成周。

瀑布春融<small>縣東南二十里曰保巖山，左右前後九峰周匝，
一名九頂峰，下有瀑布溫泉，爲靈之一勝。</small>

瀑布遥看落晚虹，保巖春後水初融。千尋碧練全消雪，百尺珠絲半著風。路到峰頭行欲轉，泉從崖頂認微濛。他年歸向廬山過，漫說西來景不同。

登回中山王母宫漫詠

回中山上是瑶臺，王母當年宴會來。古柏樹曾親手植，蟠桃花傍笑顔開。歌傳黃竹餘音在，信報青鸞幾度迴。此日登臨更遥望，西池雲色接蓬萊。

次王生章之<small>憲</small>留別原韻，並送歸里，
即訂明春早來之約四首

虛度韶華四十年，半生緣業本青氈。宦游幾等浮家客，世路真如上水船。敢道栽花滋化雨，那堪折柳感寒烟？春風有約欣依舊，握手低徊意緒綿。

其　　二

姓字誰能護碧紗？新陰桃李盼開花。關心快望三秋步，過眼休云五色遮。萬里程看鞭策緊，一枝香壓帽簷斜。春魁消息從何覓？指點寒梅欲到家。

其　　三

兒輩曾教奉楷模，此心相映矢冰壺。如君品是懷中玉，似我珍非掌上珠。訓重一經惟孝友，歡承五世奈頑愚。傳家已分無良策，竚望風雲起壯圖。

其　　四

昔宰鹽川愧作師，情如爾我喜相隨。<small>署武陽時，觀風拔取王生第一，隨令入署讀書，兼訓三男。</small>磋磨學業饒誰責，砥礪廉隅只自持。不盡吟編來日話，無端離緒去時思。歸家好爲前官問，載道曾存舊口碑。

庚辰臘月下浣喜中齋三弟家書至題後

珍重開緘幾度看，三年兩紙報平安。<small>自戊寅至今三年，計得兩次家報。</small>慈幃晝永

含飴樂,中齋來書云家母精神倍壯,含飴弄孫,誠家庭樂事。薄宦途遙負米難。家擬遷鶯初選勝,中齋來書已卜築新居於家之壁圖山莊。人懷歸雁正承歡。和齋四弟於中秋回南,計刻下已到家。春來好盼新消息,且共梅花過歲寒。

蘭州元宵燈市竹枝詞八首

姊妹相呼似友朋,今宵約看上元燈。碧油車子容同坐,暗問家人雇未曾?

其　二

稱身妝束互相看,自揀新花髻上安。分付釵鈿宜插穩,墜時容易拾時難。

其　三

忽聽門前笑語譁,滿街爭羨好燈花。無端小婢心尤急,報道鄰家已上車。

其　四

月華初上喜交輝,步出蘭房自掩扉。最好車中三面看,却教先卸兩邊幃。

其　五

妹坐中央姊坐前,不須烏帕罩垂肩。分明弛禁金吾夜,天上姮娥許鬥妍。

其　六

艷誇隍廟結鼇山,多少來遊士女班。妾自看燈人看妾,回頭無數怨紅顏。

其　七

一出西關馬漸驕,河橋曾否是星橋?銀燈遙望光無際,疑駕長虹接九霄。

其　八

銅壺玉漏尚停催,會向燈前看罷回。誰賽紫姑問心事?夜筵溫釀樂啣杯。

俗　吏　行

我聞讀書俗可醫,一行作吏棄如遺。風流儒雅能有幾?未能免俗多爾爾。書生面目空復陳,胸中不啻萬斛塵。有時案牘紛如絮,慎行自向銜姓署。有時決獄集公堂,鐵索親令解銀鐺。有時道左需迎送,晨趨晚歇破魂夢。歸來寢食聊即安,鄉下死人又報官。官場十事俗八九,局促轅車常奔走。往時詩酒友賢豪,登山玩水自忘勞。今日衙齋守沉鬱,出入傳呼若迎佛。生佛曾聞供萬家,此生安敢願望奢?但免吾民詈且罵,問俗採風整餘暇。就中位置當何如?我惟時還讀我書。

辛巳六月,偶題鶉觚宦署壁間一生愛好兩句,喜家弟其泰、其恢南來,補成一律

宦游萬里賦長程,何幸南來兩弟兄。性拙但知敦孝友,才疎安敢薄功名?一生愛好翻成癖,半世如癡總爲情。竊喜寢門榮紫誥,重幃春永聽鶯鳴。<small>時奉覃恩請封兩代。</small>

鶉觚署內新築退思山房偶成

出山猶似在山時,小築書齋祇自嗤。仕未能優閒即學,過難言寡退宜思。<small>題書齋楹帖句。</small>平安竹向春來種,富貴花看日下移。<small>今春齋中移種花竹數種,近俱茂盛。</small>爲愛嵐光回首望,公餘相對紫荊枝。<small>書齋回向臺山,山上紫荊尤茂。時適四弟南來,下榻於此,朝夕得談家況。</small>

舉行賓興志感,並勗金臺書院諸生赴闈之作

十年前是一書生,每到槐黃喜又驚。戰北常慚依驥櫪,圖南還望奮鵬程。文章舊價知何似?桃李新陰快此行。轉眼秋風歸報日,桂花香裏兆先聲。

偶　　作

生計慙余拙,窮通聽彼天。遺經承五世,作宰到三邊。官補庚辰歲,詩編甲子年。<small>履吉自甲子始嘗艱苦,故編詩始自甲子,誌不忘也。</small>何時能稱職?相對兩無愆。

七月朔日重游回中山王母宮歌

漢武元封二年秋,七月七日回中游。王母親降瑶池頭,黃竹白雲起歌謳。蟠桃宴會迭唱酬,三千年熟非易求。七枚自向筐筐投,雲駢一去空悠悠。祇今

祠宇枕荒邱,後人好古窮探搜。降真樹紀漢時留,題詩立石兩廊周。我來重上最高樓,四圍山色青未收。涇河汭水長交流,愛此風景尚清幽。何處三島更十洲,前渡蟠桃今熟不?憶昔曼倩孰與儔?此桃曾聞三次偷。我亦欲學此煉修,明日偷將去,好爲大母慶添籌。七月八日爲大母壽慶。

途中有客持箋索書,因題以應

有客持素箋,索我途中書。姓名未相識,渾忘笠與車。胡爲有此請,毋乃慕名歟?我聞爲官者,能書亦緒餘。所貴勤撫字,莫自負虛譽。既不拂來意,聊塗數墨豬。但願持將去,仁風揚里閭。他時重相見,此扇復何如。

寄勖次男壽椒家居讀書,並示近作

漫誇家世望躋攀,有志男兒莫等閒。父子勳名唐許國,弟兄科第宋眉山。羣空欲卜駒千里,文蔚休窺豹一斑。庭訓如余無足述,新詩寄示手先刪。

家卜居壁圖山莊,三弟中齋來書云,四弟微嫌形勢狹小,詩以解之,並趨蚤構

天地是吾廬,何處非安宅?容膝亦可居,無嫌形迫窄。我家翰水區,聚族如鱗積。離鄉五里餘,愛此山莊僻。往嘗看屋基,猶存舊形迹。堂堦欲崇高,新築兩三尺。相度構數椽,左右莫開闢。南方信青烏,動輒論地脈。姜被可共眠,同居自不逼。將來子孫賢,鴻基復營擇。此時重草創,無事過粉飾。早晚課農桑,聊以安耕織。已分無良田,四時賴食力。周圍青山多,好栽松與柏。樹木如樹人,十年生計得。我爲薄宦游,風塵親閱歷。他年入山來,林泉足娛適。顧我弟兄心,作求惟世德。詩禮訓趨庭,撫卷懷手澤。重慶有慈幃,侍養各循職。矧此堂構承,詒謀而燕翼。鳩工兼庀材,及早無眩惑。莫以造鳳樓,鄙兄尚小識。不觀荊冀州,厥土亦塗白。有田皆可耕,何論地肥瘠?莊地舊名白塗洋,世以山高水冷地土瘠薄爲嫌。家本翰墨林,圖書映東壁。人傑自地靈,佳名幸肇錫。余以壁圖名山

莊，與白塗韻相叶。但願紹書香，文光射斗北。萱堂更重茂，婺星照畫荻。芝蘭茁庭階，雲霞看起色。

篆鐫印章

篆畫摹秦漢，操刀愧未工。兩頭愛雕刻，六面映玲瓏。余好刻印章，苦無佳石，閒章用方石，刻六面，以便攜帶，且省買石，亦一法也。字認銀鈎白，文窺鐵線紅。此中參妙諦，漫許俗人同。

送內幕黃懷浦同鄉回南

桑梓情關勝弟兄，七年萍聚出蘭城。常慙鶴料分微俸，忽唱驪歌感遠行。蓮幕此時懸去榻，榕垣何日見歸旌？秋風相送鄉心切，好勸當筵菊酒傾。

次秦星五九日隱形山登高見贈原韻

隱形山上忘形勞，此日登臨更仰高。佳節剛逢吹落帽，雅懷偏喜賦同袍。題餻不負詩翻宋，星五翻用宋子京句，以"不負詩中一世豪"贈余。采菊悠然句擬陶。敢道聽來風雨夜，壁間新寫興尤豪。

又次秦星五前題疊詠原韻二首

漫誇屐齒好登山，穿徑松蘿乘手攀。紅雪堆場秋正熟，白雲出岫曉初閒。相隨匹馬來天外，自逐孤鴻閱世間。古佛座前花欲笑，一枝拈取袖中還。

其二

作客人皆嘆異鄉，茱萸遍插值重陽。明年知健誰吟杜？是處登高我憶王。日月易隨駒隙過，風雲遙望雁行翔。思親不獨逢佳節，卻喜名宜祝久長。按：魏文帝九日送菊書，九爲陽數而日月並應，俗嘉其名，以爲宜於長久，因叶韻故倒用之。

九月望日別憶

秋菊含芳日，天涯憶故人。問年三度已，紀事兩逢辛。衰瘦憐多病，嬌癡悟夙因。何時重晤面？長看鏡中春。

補題庚午歲舊寫尋梅小照二首

顏容可似十年前,春入梅花強自憐。不負寒酸真面目,尋芳獨折一枝先。

其　　二

屈指韶華四十春,回頭猶是看花人。他時得用和羹否？好併寒香作此身。

十月二十五日大雪途中作

滿天飛絮正漫漫,最喜祥霙馬上看。積地但期三尺厚,征途敢說一鞭寒。時奉憲下鄉,查勘屯地。豐收有兆應同樂,高臥無緣強自寬。不是興來因訪戴,馳驅爭奈屬驪官。

雪霽過涇州

大雪天初霽,揚鞭又啓程。馬從銀漢渡,人上玉山行。問路平如險,披裘重亦輕。眼花看四照,不獨日邊明。

臘月望後旅店玩月

三五蟾光臘月天,當頭仰看影團圓。明昭萬里饒人賞,寒映孤衾惱客眠。終覺磨旋仍故態,再教輪滿是新年。多情許我長相對,不逐浮華景物遷。

壬午元旦

新年纔度當新看,富貴漫云祝遂難。邊塞好花春晚發,重幃慈竹日平安。婢從何處呼如願？官到今朝賜合歡。用立春日賜郎官合歡羅勝事。爭奈初晴天又雪,教人莫忘舊時寒。

人　　日

元正七日是靈辰,雪雨連朝暗近春。剪勝傳來荆楚俗,登高起自晉唐人。

杯浮竹葉顏微醉,妝點梅花色未勻。四十無聞今又四,撫懷能不感生身。

上元前一日欽奉勅命贈封兩代並本身妻室恭紀

佳節剛逢慶上元,龍章寵錫拜覃恩。褒封竊喜榮三代,福祿休誇萃一門。職任撫綏慙父母,家承忠孝望兒孫。他時疊荷綸音貴,更向重幃祝壽萱。

先大人捐館舍,越今十九年矣。嘉慶庚辰履吉補甘肅崇信縣令,茲奉覃恩,始獲請贈。撫今追昔,不禁悵然有感

十九年來失怙人,趨庭詩禮記猶真。書遺萬卷知徒讀,志望三秋奈未伸。甲子,履吉肄業鼇峰時,已屆鄉闈,適奉諱歸里。喜弟初恢堂構舊,三弟近承先志,肇居壁圖山莊。愧兒遲捧綍綸新。空教回首重泉隔,不共慈幃色笑親。

慎　　獄

不爲已甚聖人言,凡事須求洽衆論。日月雖明難遍照,覆盆未必盡無冤。

三月送祖母南旋

已知爲命是相依,頓起鄉思忍暫違。七載捧輿慙宦轍,祖母自丙子來甘,越今七載。三春行旆望慈暉。歡邀北闕褒封及,親到西池閱歷歸。靈臺距瑤池僅百十里,祖母親至其地。指日錦旋娛晝永,百齡還看舞萊衣。

母親家居紀懷

萬里慈幃日健康,遙遙兩地正相望。兒孫添累知關念,母親本擬來任,因昌言、昌化二姪幼年失恃,不果於行。兄弟同居敢較量。兄弟於己巳析箸,壬申母親仍命同居。游宦猶慙攜子女,歸家重喜拜姑嫜。母親命四弟請祖母回家,仍著内子等隨任。懸思蒲節天邊月,恰慶團圓祝壽長。計三閱月可以抵家,適屆母親五月十六日壽辰。

和齋四弟隨侍回南

手足情關幾往來，春風又促馬蹄回。四弟數年往來，備嘗辛苦。萱花歡侍重幃健，棣萼欣看次第開。別路柳旂初夾道，到家蒲酒正盈杯。鸞膠好爲朱絃續，四弟戊寅失偶，現擬歸家續絃。快報佳音慰溯洄。

遜邨三弟回南臨行口占

憶昔來甘時，與君同行路。君今兩還鄉，我尚邊城住。八載離慈幃，自悔出山誤。舅氏壽古稀，母氏甲初度。同是遠遊人，彼此深所慕。我喜侍重慈，耄年猶健步。于今賦錦旋，芳辰及春暮。勞君萬里行，朝夕善調護。計曰抵家邦，龍舟看競渡。歸拜畫堂前，齊眉樂荊布。顧我滯宦場，舉頭望雲樹。臨行情更殷，重吟離別句。轉眼秋風高，好再圖良晤。

和齋四弟回南臨行口占

去年別家時，三春方廿日。今年話歸期，三春日初十。屈指一年中，奔走未安息。來侍大母還，歸繞慈幃膝。信是弟所歡，其如兄轉惻。弟兄昔四人，手足折其一。孝友胡敢居，相好差可式。愧兄薄宦游，幾忘久作客。勞勞車馬塵，折腰循厥職。何時賦歸來？負米自食力。奈聽鷓鴣聲，欲行行不得。握手送弟歸，揚鞭猶佇立。

初十日送祖母起程，過柳家河。有長武諸生尚登第，兄弟祖餞甚殷，并其母出拜，年已八十一，家五十餘口，猶得合爨，祖母深爲嘉嘆。口占

板輿扶過柳家河，遮道歡呼老太婆。里民遮道歡拜，稱老太婆。作吏久承慈愛訓，歸程初賦別離歌。萱幃耄耋欣同健，蘭砌塤篪羨叶和。省識官民相得處，春暉遠被感恩多。客歲尚生被訟至邑，吉爲直之，故云。

十一日送祖母至邠州，次日由永壽東行紀別

明朝永壽盼前程，最喜平安慰此行。回首家山雲萬里，談心客路月三更。不教遠送憐孫子，且囑重來愛弟兄。吉偕長男送至邠州，祖母令即回署，并囑兄弟云云。他日慈幃再相見，耄稀雙祝賦歸旌。吉稟祖母，俟九旬時，母親亦屆七十，即擬歸來奉祝。

十四日清明由涇州旋署

清明無客不思家，用成句。矧送歸人去路賒。誰乞寒烟三日火，獨懷春色五雲車。前途初歷長安道，計程是日可抵西安。晚景新看富貴花。返轡西來增悵望，那堪遊子尚天涯？

聞次男壽椒卒二首　吾邑連芝田來書云，余次男以去年十一月初一日謝世，而家報至今未到，不勝悲悼。

弱冠便爲一世人，撫懷不禁倍愴神。那堪萬里生離久？忽報重泉死別真。次男離余膝下今已八年。愁鎖蛾眉傷幼婦，悲深鶴淚累衰親。空憐吾弟臨危日，是子猶勞囑語諄。二弟臨終時，囑余以次男承繼。

其　二

不若無生語太奇，看書爲汝淚先垂。何堪此際聞殤日？即是當年寄信時。客歲三月四弟來甘，次男寄來安稟，内云"不肖一無所成，言念及此，反不若無生"等語，余爲之墜淚，不意是年夭折，卒成讖識。遠宦悔教家獨處，余二子一女俱攜來任，惟次男在家從三弟讀書。髫齡恨與室同悲。家惟次男與從弟其萃讀書，可望有成，其萃於前年七月卒，年方二十一，今次男又卒，殊爲可慟。可佳子弟偏摧折，枉使遊人屬望癡。

書便面贈涇州王槐園

古聞扁鵲醫，飲以上池水。視病獨稱神，似見五臟裏。又聞郭玉言，醫以意爲理。神存心手間，可解難啓齒。陋哉世俗人，著論動滿紙。病是從何來，茫然無可指。更有困醫生，病不自言起。聽醫説何如，陰以考其技。惟有東坡公，自

説病根始。但求疾易瘳，不以困醫喜。如君醫術良，神妙孰與比？同藝妒者多，何自論臧否？隨手看回春，便是神仙子。

閏三月初三日啓程赴蘭州

天氣清和月閏三，薰風指日盼來南。平安我切萱幃望，時祖母南旋，正在河南道上。消息人從杏苑探。陳木齋姑丈試禮闈，計期已屆揭曉。萬里長程殊歷碌，一身多累倍懷愍。西征莫道尋春晚，春在前途色正酣。

過六盤山和壁間王幼海原韻

已過蕭關險，驅車上六盤。雲橫山更峻，雪積地猶寒。東望懷行路，西來欲整鞍。可知遊子意，何處夢魂安？

遊五泉山歌四月九日，劉條甫金聲司馬招飲五泉山瑤源閣，時奉檄飭回崇信本任，遲而未行，有感之作。

五泉山上泉水清，五泉山下泉水明。年年四月浴佛節，爭來山上踏山行。數日前頭私訂約，明朝先上瑤源閣。儂家姊妹喜相隨，勿使游人慣輕薄。山窗四面映玲瓏，一曲琵琶唱未工。婢子那知娘愛否？青春自悔嫁東風。槐陰清樹閒佇立，怕催歸去心翻急。幾時思陟最高巔，聯步肯教同拾級。消瘦生來劇可憐，無端扶上阿娘肩。如來亦念癡兒女，指點源頭摹子泉。一層更上臥佛殿，黃河環繞碧於練。妾心安敢效東流，但願菩提時拂面。

友竹山房詩草卷四 古今體一百五十五首

檄委署洮州司馬志感

敢云燕寢愛香凝,百里才慙驥足騰。志向應期同酌水,頭銜未許上條冰。番黎雜處勞區理,政教因時賴振興。私印新鑴假司馬,漢官章有假司馬印,因倣刻之。此心還恐任難勝。

重過武陽,士民迎謁道左,不忘舊好,喜而有懷

五年去客復重過,歲月推遷感逝波。耆老精神皆舊態,諸生姓字半新科。楊生其馨率門下士來謁,皆新進諸生。磨牛爭奈憐行跡,梁燕猶教戀住窠。時奉差至武陽,仍住署內。此日山城相慰問,知恩未必受恩多。

再用前韻贈贊府沈友芸鑒

宦海浮沈嘆已過,好看前去靜無波。友芸前在直隸,因公鑴職,嗣奉旨開復選是任。花分春色來邊地,桂奪秋香報捷科。乃郎時赴浙闈,竚望佳音。養病最宜居鴨署,友芸多病,欲引疾歸請而弗許。排衙時許放蜂窠。回思涇水相逢日,情緒依依別後多。

勖武陽楊生松齡

昔時遇楊生,髫齡方穎異。今日見楊生,翩翩凌雲氣。家學有淵源,功名看立致。云何五年來,猶困童子試?聞生大母憐,愛惜無不至。及今已成人,宜早袪幼志。憶我少年時,讀書好嬉戲。夏楚不忍加,重幃深護芘。科名僅一經,風塵愧俗吏。勖哉我楊生,須更高位置。努力攻詩書,莫自甘廢棄。他日再相逢,好與談道義。

別後懷武陽姜明府懷瑗並內幕褚先生

問途漫説過來人,善政輸君惠士民。九月教猶憨化雨,余署武陽九月,兼攝書院講席。三年澤已頌陽春。棠封地邇聯兄弟,蓮幕風和洽主賓。歸憶前宵相對語,同傾肝膽話偏真。

誕日自紀,用東坡七月十三日儋耳夜夢後作原韻

老大憨非少壯如,十年徒恨不讀書。祇今春秋四旬餘,升沉已定我生初。撫懷胡弗意氣舒,變化誰似北溟魚?一官去住總隨緣,宦況莫嫌此地偏。出山空悔今八年,多累有如繭自纏。爲米折腰愧昔賢,何時仍作書生然,好續淵明歸去編?

題扇面送長武歲貢張道成教

公才具瀟灑,公壽近稀年。精神正矍鑠,真是地行仙。憶昔年壯時,賦質何翩翩。足跡歷楚湘,意氣薄雲烟。知交多名士,生計歸硯田。去來殊自得,貧不受人憐。功名付天命,敢侈一經賢。如何耽幽僻?歸隱近市廛。祠塾名獨創,啓後而承先。我聞昔人言,心遠地自偏。惟公師往哲,俗慮早棄捐。日昨自東來,遺我借光編。撫卷數回讀,令我思悠然。何時重過訪?好盼菊花天。

靈臺竹枝詞十首 有序

靈臺界甘、陝之交,風土人情大畧相等。余曾作八景詩以紀勝,復於問俗之餘作《竹枝詞》數首,悉出口占,過而輒忘,偶爾記憶,因補錄之。

十處人家九住窰,半居崖畔與山腰。土垣數堵門樓起,便是邨中小富饒。

其 二

宗祠幾輩不相該,但向荒墳燒紙來。爲問孫枝今衍盛,本源何處溯初開?

其 三

不戴纓冠戴素冠,無冬無夏白衣單。相逢一揖猶知禮,忘作人家喜事看。

其　四
一方羅帕蓋蓬頭，不辨嬌姝老嫗儔。何事渾身皆縞素？依然紅袖並紅鈎。

其　五
但慣騎驢不坐車，每逢佳節返娘家。饅頭數顆提筐裏，禮物何曾別樣加？

其　六
初生便許訂姻親，媳婦年多奈不均。女已及笄男未冠，閨中虛負度青春。

其　七
嫁女從無重聘資，淳良猶見古風時。那堪一死忘姻誼？忽報官來驗朽尸。

其　八
跳崖投井枉輕生，小忿無端輒鬥爭。若起九原再相問，此時曾否恨難平？

其　九
半是耕田半讀書，勤修不必待三餘。一衿爭奈心先足，抛却殘編付蠧魚。

其　十
鄉紳重望是明經，儘有年高樹典型。兩載子來堂上坐，不聞無事入公庭。

七月下澣，因公晉省，宿石家莊石琴若太學養正書屋，詩以志謝

有子成名羨二難，秋來好折桂花丹。聯芳此日推橋梓，競秀他時看蕙蘭。琴若二子文海、文河皆英年入泮，方赴闈。顧盼已饒君樂事，馳驅爭奈我驘官。齋頭相識渾如舊，把酒傾杯到夜闌。

宿養正書屋，見壁間石生毓瑩所作詩饒有佳句，用前韻奉贈

省識能詩到處難，幾人學杜得金丹。覓來佳句胸成竹，吐出新詞氣勝蘭。信有閒情惟作客，憨無韻事是居官。壁間吟草都看遍，剪燭揮毫興未闌。

再用前韻贈石生文河並勖

未冠登黌信所難，文章五色鳳來丹。英才卓犖林中桂，品格清標座上蘭。

立學但求堪用世，讀書何必定爲官。知生自有凌雲志，莫使青春日已闌。

宿阿姑山撿案，冒雨早行戲作，用十二時相

鼠牙爭訟貴持平，牛喘何勞宰相驚？虎變豈惟筮文炳，兔罝猶得用干城。龍占利見宜乾惕，蛇可生疑合認明。馬足泥粘防易跌，羊腸道繞歎難行。猴看啼處崖千丈，雞到鳴時夜五更。狗吠不聞村野靜，猪肝誰累長官清？

八月二日宿阿干鎮，夜夢後作

夜來投宿古阿干，一枕淒涼玉漏殘。不道夢中還説夢，那知歡裏是承歡？靈椿如覷當年秀，慈竹欣看近日安。好盼新秋饒景色，香生桂子月初團。

抵蘭一日，適奉到勾決案，星夜回洮，重過石家莊，仍用前韻

險阻山河跋涉難，雨中泥水着衣丹。行程昨日纔攀柳，歸路今朝又自蘭。策馬有如爲旅客，愛民無奈作刑官。芳齋不厭重相訪，猶憶來時酒興闌。

宿狄道潘家集張秀才祥翠嵐亭茶酒舖内，口占誌謝

爽氣門前挹翠嵐，主人下榻許停驂。詩清却爲茶多飲，睡穩端由酒半酣。何處朋來尋醉興？幾番客去愛香含。秀才看破功名事，市隱聊安性所耽。

聚子石 甘肅地多石子，結成大塊，堅實可琢，余嘉其名，曰聚子石。

一石聚衆石，其質何堅凝。當其未聚時，一一見瓏玲。胡爲相聚處，成此塊然形？始知天地間，物是自生生。由此推物理，人爲萬物靈。譬如一心力，自顧成堅城。所愧輕薄者，手足且忘情。而況各具體，安能肝膽并。乾坤有六子，卦德方以成。人何不如物？感愧當交縈。

喜子壻陳點入泮，並望秋闈捷步

指腹爲婚信有之，不聞先定未娠時。三冬快卜懷投燕，兩載遲占夢叶蛇。丁浦親家，辛酉登賢書，時年二十七，尚未舉男，有事奉勸，丁浦頗以爲然。壬戌，吉讀書學署，丁浦自會試歸。復談前事，并述同人之勸，亦與吉合，旋即舉行。是冬夫人有娠，吉卜必男，且許將來生女爲婚。越二年女壽楣生，始締朱陳之好。芹藻少年馳泮璧，蘋蘩他日耀門楣。好看桂折秋風裏，來向庭前咏結褵。

八月十六日赴省宿甘溝，用杜工部是夜翫月原韻

何處邀明月？由來喜素秋。山高看四照，溪闊映雙流。客路饒清興，人烟雜暮愁。此心河漢表，不繫是吾舟。

十七日宿石家養正書屋，再用杜工部是夜對月原韻

遥憐連夜月，常照宰官身。素影如隨我，清光最可人。呼朋歡坐久，過客喜來頻。獨宿芳齋裏，天香入夢新。

洮州即事疊韻四首

六月炎威尚着綿，終年多半是寒天。山城不愧官司馬，十日纔收稅馬錢。城外十日一集，始有馬稅。

其　二

民情莫道軟如綿，滿紙虛詞輒叩天。堪笑問來無別事，相爭數百是釐錢。俗呼京錢爲釐錢。

其　三

慣撚羊毛不紡綿，褐衫堪護雨淋天。一番冰雹隨雲過，便望官租免納錢。地多高山，時有冰雹。

其　四

柳花隨處散成綿，詎料洮城別有天？二麥不生民鮮食，買時先自計囊錢。

城無樹柳,地不產麥。

感懷用前韻四首

熱時衣葛冷衣綿,已分功名聽彼天。賴有吟詩情性好,囊中莫自嘆無錢。

其　　二

布被仍裝隔歲綿,平生不喚奈何天。慈幃但喜春重慶,侍養無需博俸錢。

其　　三

栽花未必勝栽綿,惟願康年降自天。願我欲爲清白吏,何曾飲馬盡投錢？

其　　四

老佛參來破衲綿,禪機悟徹散花天。宰官身現緣何事？悔作當年萬選錢。

憶內再用前韻四首

布裙猶著舊時綿,萬里相隨愛所天。始信梁鴻真有婦,不嫌貧受贈婚錢。

其　　二

兒女號寒夜織綿,篝燈曾對雪霜天。而今還自勤鍼黹,怕費明朝買菜錢。

其　　三

蘆花深恐後爲綿,偕老相期命在天。愛子讀書成立早,延師不自惜金錢。

其　　四

幾度臨歧意緒綿,不堪惆悵各方天。明知離別無多日,猶向金龜試卜錢。

錢詩疊韻四首　臨洮道中作前詩數首,以錢爲韻,蓋亦無錢而作有錢之想也。因作是詩以書爲韻,聊誌所好在此不在彼耳。

錢神著論意何如,安得床頭日富餘？無事鄙爲阿堵物,孔方兄與絕交書。

其　　二

十萬腰纏嘆弗如,好官多得幾人餘。饒他鄧氏銅山賜,自喜囊錢是御書。

按：前代錢有草書者,即御書錢。

其　三

積而能散有誰如？子母權來苦不餘。惜死愛錢均可怪，只緣未看太平書。

其　四

口不言錢內果如，斯猶難信況其餘。也知恒足生財道，莫學荆公誤讀書。

訓子用前韻四首

趨庭猶勗面牆如，矧爾年華方有餘。日月易過春不再，勿教空悔少時書。

其　二

少弗如人壯豈如，那知文史足三餘？無成到老饒誰責，好看前賢誡子書。

其　三

是誰生子仲謀如？慶澤端由積善餘。愧我一官無長物，傳家惟有舊詩書。

其　四

凡事休嗟命不如，亦聞忠厚是留餘。胸中若弗知通變，枉使人嗤讀父書。

次狄道張秀才祥見贈原韻

往來偏喜訪軒居，入境何時自結廬。萍水相逢樂傾蓋，楓林偶坐欲停車。窗前客愛初交語，袖裏余翻未見書。忽接詩章茶飲後，真教齒頰有香餘。

次劉絛甫金聲司馬詠菊原韻二首

泉明愛菊憶秋風，三徑歸來種幾叢。愧我折腰忙不暇，何時載酒過籬東？

_{按：淵明唐時避高祖諱，故改淵爲泉。}

其　二

君家五斗幾時開，矧有黃花手自培。好是婦人言不聽，明朝有酒約朋來。

_{劉伶好酒，不聽妻言相勸，聊借用之。}

送李商菴光連別駕督餉肅州

秋風蕭瑟啓行旌，爲國馳驅赴遠程。客路關心看玉塞，慈幃回首望金城。

平安竹報書頻寄，晚節花開酒自傾。竚盻歸來消息好，嶺梅春色兆先聲。

題周又溪濂明府自鋤明月種梅花小照

自鋤明月種梅花，此意誰能領畧些？萬里清光同皎潔，一枝疎影任橫斜。知君到處敷春色，憶我來時感歲華。乙亥，吉來甘時送兄入都，有句云"梅花香襯馬蹄輕"，今忽八年矣。家世豈惟蓮是愛？濂溪又許後人誇。

自　述

文章自古説三蘇，家世休忘衍派殊。二許久傳唐宰相，按：家譜自武功環公父子爲唐宰相，皆封許國公，即與眉山分派，數傳至益公爲光州刺史，隨王潮入閩，始家泉州。一呼深憫宋遺孤。家自泉州徙居德化，南宋時，簪纓累世。宋幼主投海，十萬公起義兵拒元，一呼十萬人，故傳其名。忠臣廟食餘風烈，十萬公拒元事敗被刺，挺立不仆，後世嘉其忠，立廟祀之，事詳邑志。節婦門旌晚景娛。家祖母守節，撫遺娠三月，舉先君子。現年八十有三，精神康健，已請旌奬。發憤讀書親告語，先君子昔年訓吉兄弟云，救急無他道，惟發憤讀書而已。祇今詩禮憶庭趨。

自　嘲

老大應嗟歲月過，無端宦海自奔波。平生事業心雖壯，半世功名髮已皤。兄弟能知勤儉少，兒曹但覺魯愚多。高堂菽水誰將養，有子如余可奈何？

自　嘆

官貧恆覺受人驕，逐日奔忙轉寂寥。顔色寒時金已盡，輪蹄熱處鐵初銷。愛錢休問誰如命，爲米猶慙我折腰。惟有春風能及物，謂厚山盧撫軍。看搏鵬翮上重霄。

自　解

十載芸窗學未成，一經猶覺忝功名。無才不敢歸天命，有識端由閱世情。

理直對人神氣壯,交深許我膽肝傾。年來已定升沉路,好任中流自在行。

自　　訟

平生暗想事何如,內省安能疚盡除？欲向芳塵追後步,須將覆轍鑒前車。是非宜判當機際,善惡尤嚴發念初。自治治人君子德,不徒庭聽貴衷虛。

自　　勵

萬里馳驅歷苦辛,循良著績竟何人？此心有屬惟求己,所志無他在愛民。願作賢臣襄聖主,奈爲遊子憶衰親。古來忠孝知多少,竭力還宜重致身。

送盧厚山坤中丞榮任粵西權篆關中二首

兩載屏藩仰福星,向陽小草荷垂青。文章久作人模楷,盛德端推世典型。使節秋高膺寵命,慈幃春永紀延齡。嶺西指日霓旌莅,好看山前八桂馨。

其　　二

榮戟遙征暫駐秦,羣欽聖主得賢臣。青門仍被恩波渥,丹陛旋承訓語諄。化溥無心歸造物,情同有脚頌陽春。金甌佇卜鹽梅重,歡捧崔輿迓綍綸。

送民部主政張玉谿美如同年攜眷入都

讀書秋屋幾徘徊,猶憶年時索句來。先生主蘭山書院講席時,出所作《秋屋讀書圖》命吉題句。似我風塵愧鼓澤,懷君雲路接蓬萊。此生同是浮家客,所志惟推濟世才。今日蘭城重把袂,送行歡進菊花杯。

九月初七日昌齡復育女孫

生男勿喜女勿悲,此語惟應達者知。假使成羣盡豚犬,何妨疊夢屬虺蛇？門楣好盼他時事,湯餅漫吟爾日詩。回首高堂千里望,歡看五世慰含飴。

次馬南圃疏太史同年題友竹山房詩草
六首原韻,并送北行

讀書未許涉藩籬,底事興懷獨賦詩。吏俗愧無心愛處,神閒幸有性靈時。饒人佳句先藏拙,恨我多情半屬癡。學到十年猶不得,此中安敢逞新奇？

其　　二

捷足如君步玉堂,明經譜喜冠羣芳。誰誇獺祭朝堆案？自愧蜂喧日擁房。落筆久推花入夢,論詩合讓錦爲囊。木天清署閒題句,佇聽音傳蘭戺傍。

其　　三

宦跡休言上下坡,仙才此日羨君多。平生易感惟知己,是事難能莫論他。諷詠幾人深考據,推敲自我細吟哦。何當脫稿新貽贈？留冠詩編共揣摩。

其　　四

清芬何幸挹蘭泉,爲詠霓裳憶衆仙。翰苑此時呈賦藻,御屛他日紀詩聯。情如中酒心先醉,味似評茶手自煎。絳帳那堪重握別？不教風雨話燈前。

其　　五

情性如余但率真,敢云初現宰官身。已饒玉署縈清夢,奈滯金城染俗塵。詩思來時需興致,文章到處見精神。從今更恨雲泥隔,何日相逢話夙因？

其　　六

揀金曾說是披沙,誰向塵埃惜物華？愛我驪才情已洽,懷君雅度興尤賒。好看致遠原無量,須信交深未有涯。白雪陽春容和曲,一官爭奈繫匏瓜。

葭月二日懷家弟中齋、和齋新構壁圖山莊

竹苞松茂詠斯干,兄弟無尤式好難。最愛山居真富貴,須知家計本貧寒。圖書東壁輝相映,宦跡西陲強自安。此日高堂慰詒燕,田園歸去盼承歡。

奉檄往循化黑錯寺查禁漢回不許私入番地,
宿寺中數日題壁四首

初入番夷地,荒涼見未曾。鳥飛山外雪,馬踏水中冰。問俗多供佛,逢人半是僧。偶聽言語別,猶解漢官稱。番人不識漢語,但能呼"大老爺"三字。

其　二

夜來投宿處,新月映窗明。地僻寒威重,樓高晚景清。僧驚車馬集,客指斗牛橫。笑說天涯遠,遊人未了程。

其　三

平生常作客,到處便如家。番語詢通使,邊聲聽暮笳。山看迎日早,天爲望雲賒。安得春風好?時開塞上花。

其　四

盛治昭中外,籌邊孰計功?我猶慙作宰,人乃喜從戎。世道趨如險,天心秉至公。竭來緣底事?莫自昧丹衷。

歸　途　漫　詠

日擁征裘獨據鞍,男兒萬里敢辭難。宦途深愧因人熱,閨思遙知憶我寒。到處火如良友在,滿山雪作老僧看。同心最是天邊月,又向歸來照一團。

長至後二日,家書郵至,欣悉祖母大人五月初旬安輿旋里,
復稔家弟中齋、和齋已構壁圖山莊,因作長歌寄歸誌喜并勖

家居龍潯翰水灣,上有筆架之三山。當年闢居愛幽特,竹林松逕周四環。邇來聚族殊迫窄,燕雀爭喜巢新宅。或移十里廿里遙,堂構數椽各自擇。去年吾弟寄書來,白塗洋裏新基開。書中問我定可否,樵耕先便莫疑猜。今年又復寄書到,道是仲冬營締造。大母剛逢賦錦旋,我亦得書爲舞蹈。憶我宦遊今八年,挈家萬里看雲眠。何時歸話田園樂?弟昆酌酒同怡然。自分家無升斗貯,秋來藷蕷和米煮。買山安得有餘錢?愛此遺基衆所與。家三翰堂衆,因構訟傾產,以此地與弟中齋啓築新居,價廉而工省,余感族衆待余之厚。卜宅亦知先卜鄰,丈夫四海弟兄親。矧是同枝千葉盛,莫教譏誚到外人。中齋來書云,近有族中一二叔姪在於新居左右藉端需索,余勸其處和爲要。只今蝸廬初築起,務崇質樸戒華美。

孫賢子肖未可知，富貴不應誇閭里。往時仕宦今何如？不若耕種荷犂鋤。妻孥相對春脫粟，客來自摘園中蔬。我謂山莊何所取？冷水白沙非沃土。世以白塗洋冷水白沙爲嫌，故族中遺留至今。有田不耕轉荒蕪，糞壤須將人力補。所幸先塋左右三，相距數武隔山嵐。高曾矩矱宜世守，松楸近埽碧毿毿。高祖考妣及曾祖妣墳距新居僅一二里。更喜高堂侍重慶，奈慚定省與溫清。燕詒初慰老人心，願汝悉凛堂上命。不見桓山四鳥飛，羽翼折一失儀威。有子能文復彫謝，少嫠曾否勵霜幃？仲弟青年早逝，以次男壽椒承繼，去冬又遭夭折。新婦楊氏近聞勵節中幃，未知果否，余深爲悽惻。嗟予仲氏胡祚薄，移花猶靳榮棣萼。叔季欣看樹是珠，對此能無分艾灼。異鄉加飯我何求？析箸難忘昔日羞。余兄弟於己巳冬析箸，越壬申秋又喜合爨，雖悉遵堂上命，然至今追憶，不勝羞愧。從今食指漸添處，休使同居視若仇。我家清河先太守，同住尚感十年後。按：先世蘇瓊公除清河太守，有乙普明兄弟爭田積年不斷，瓊公召兄弟勸諭，叩頭感泣，分異十年，遂還同住。治人自治事奚殊？好誦前芬懸座右。

讀白樂天詩集有感

間來喜誦樂天詩，四十四年自誨時。樂天自誨詩有句云"人生百歲七十稀，設使與汝七十期。汝今年已四十四，却後二十六年能幾時"等語。情性昔如同日語，歲華今亦半生期。樂天詩多叙年歲，且句皆出性靈。余性好詩，語亦近似，今年四十四歲，前於臨洮道中作自述等詩，亦覺相類。功名政績輸先哲，經史文章覺後知。我有一般堪勝處，眼前歡侍兩豚兒。按：樂天由拔萃科登第，四十四歲爲江州司馬，有文集、經史、事類若干卷，行於世。後官至太子少傅，六十餘歲始生一子，復殤，壽七十六。

哭秦生星五緯

生，平涼諸生，辛巳延至鶉觚課督三男，旋請受業於余。今夏移篆臨潭，生復偕來。十月忽患血疾，余自蘭歸，見生病篤，懼其不起。甫匝月生遂溘逝，年三十四。余備知生苦况，深爲痛惜，因作是詩以弔之。

死生原有命，痛哉秦星五。兩載喜追隨，一朝棄塵土。我昨歸來時，君方病肺腑。心血殷且斑，淋漓口中吐。飽脹不能食，僵臥不出戶。我以補爲先，醫以瀉爲主。補雖未見痊，瀉亦莫能愈。抱病甫匝月，此身已終古。君才胡可量，君命胡太苦？門內鮮弟兄，髫齡失恃怙。有姊節而艱，有婦琴再鼓。_{生姊守寡無嗣，歸養於家。原配蚤逝，旋娶繼室。}春秋三十餘，牽衣僅一女。庭有讀書聲，家無儋石貯。功名列泮林，文章堆案堵。去年至鶉觚，朝夕勤進取。今年來臨潭，一篇未及覩。那堪轍改更？_{生今年稍廢舉子業，改習書札爲救急計。}無計驅二豎。沉痾已臨危，猶慮家貧窶。口說不成音，淚落復如雨。視此爲傷心，所嗟天不與。君死不復生，魂今歸何所？生時百慮縈，死後向誰語？君看原上墳，穿穴雜狐鼠。矧有犁爲田，鬻人供種樹。當年爲子孫，今日忘厥祖。此惟達者知，任天安出處。當其未死身，曠懷遊太宇。

盼家表弟葉遜邨_{榮本}南來未至

書來報我幾登程，道是中秋節後行。_{遜邨於五月隨家祖母至家，昨接來書，擬於中秋後來甘。}轉眼歲華來晚景，關心春色到邊城。最難爲別家初返，不可言懷客遠征。回憶慈幃團坐語，料應相見話歸情。

得家表弟葉遜邨書至，知月初到長安，計日可以抵署

一紙家書值萬金，平安報我喜難禁。欲開先向封時看，得信還期刻日臨。字跡遠來如見面，毫端微露是談心。幾番讀罷仍披閱，差慰春風賦別吟。

三弟中齋又書云，近有族中一二叔姪，挾恩者或欲侵凌，索債者更加催逼。余不勝愧悔，而又恐弟之不能善於調停也。因作五古十六韻，以志吾過，并寄歸以勉之

有恩未能報，有債未能清。我思恩與債，何日忘乎情？當其愛我日，安必德是矜。當其借我日，安必利是營。今居七品官，一命差足榮。今作半畝宅，一家漸見亨。恩人與債主，責望日益增。或爲我父執，或爲我友生。衣食視富貴，酒肉勝兄弟。稍有不如意，輒作不平鳴。古人受一飯，千金報尚輕。而況重然諾，積歲濟吾貧。我非負心者，感愧時交并。寄語勖吾弟，凡事忍乃成。恩深不可

背,債重不可爭。我若先含怨,何以慰斯人?

甲子日立春

立春逢甲子,見說是豐年。晴徹三千界,寒消五九天。梅花籠夜月,爆竹散朝煙。遙望慈暉永,相看泰運綿。顏容增老態,詩思入新編。八載西陲客,時驚歲序遷。

祖母家居除夕紀懷

去年今夕侍重慈,轉眼情分兩地思。宦蹟近如雲變幻,春暉遙望日舒遲。耄期將屆身猶健,詒燕親看志不衰。三弟中齋來書云,近構新居,祖母猶親督工匠。更喜萱幃陪笑語,料多憐念是斯時。

除夕即事

送故迎新在此宵,終年生計幾人饒。祭詩余尚精神壯,避債誰將志氣銷?囊裏無錢徒促迫,尊中有酒且逍遙。相看度歲渾閒事,好著花袍候早朝。

續蘭州元宵燈市竹枝詞八首 有序

三春如夢,悔作嫁於當年;五夜觀燈,快尋歡於此日。莫謂勝遊難再,漫賦八文;欲期好事成雙,重吟七絕。句慚巴俚,染脂粉於筆端;語涉閨情,儼鬚眉而巾幗。興懷不偶,寄託匪遙,敢續舊章,復聯新詠。

儂家姊妹舊相知,元夕初逢感別離。三載不來城裏看,關心猶記放燈時。

其二

到處看燈簇女郎,爭誇脂粉鬥紅妝。憨奴醜陋憎顏色,只解蛾眉淡掃方。

其三

飄飄瑞雪及芳辰,馬去車來淨暗塵。道是今年豐歲兆,燈前歡喜滿城人。

其四

五夜燈花取次排,年來景色較前佳。剏逢四海昇平日,一曲笙歌播九街。

其　　五

許多年少喜相參,燈市隨人逐處探。見說明宵遊不病,大家重約會城南。

其　　六

夾道輝煌步障通,紅燈籠間碧燈籠。就中看到琉璃盞,除是蘇杭製未工。

其　　七

千金一刻奈難留,怕到三更燭盡收。不及天邊好明月,照人長夜恣清遊。

其　　八

阿母憐兒許出門,來時剛趁日初昏。好教遊遍元宵景,歸去春暉看曉暾。

和廣文張霽亭青霓同年閱友竹山房詩草見贈原韻四首

宦海奔波任所如,胸懷何事不寬舒？人看咳唾隨成玉,我愛鏗鏘獲報琚。絕世才華驚七步,幾時文史足三餘。性靈漫說非關學,來歷多慚未見書。

其　　二

蘭垣兩度會逢君,促膝談心憶樂羣。愧我閒情消白日,饒人捷足步青雲。山房自撿囊中句,旅舍同論筆下文。俗吏儒官莫分看,循聲爭奈近無聞。

其　　三

當年出處喜相同,曾拔薐苓藥籠中。志欲求伸如屈蠖,氣看凌厲擬長虹。我期醇樸追先正,誰判妍媸秉至公？更有一言君許否？他山好助琢磨功。

其　　四

已分窮途累此身,敢將情性語同人。重幃私喜年猶健,遠宦空言仕爲貧。友竹偶題忘獻醜,憐香自愛不嫌顰。金城回憶兒時事,客裏風光幾度春。

次朱濬谷文淙同鄉姻戚見贈原韻

文章政績兩茫然,那有聲名別可傳？吏到求人真覺俗,詩逢知己欲言仙。世途難禁情趣下,我輩端應志向前。莫道宦囊羞澀甚,春來又喜續吟篇。

客歲三月初十日送祖母南旋，越今又及一載，是日臨洮道上回憶志感

去年今日賦南旋，捧侍安輿喜著鞭。轉眼韶光成隔歲，關心邊塞各方天。重幃菽草三春麗，異地潘花一縣妍。此際遙遙正相望，思家又續憶親篇。

偶　感

紅顏多命薄，詩人多命窮。我思造物意，胡爲失至公？豈知才與貌？賦畀自不同。翼者兩其足，此嗇彼乃豐。而況天所忌，才貌在厥躬。何如庸且拙？長作田舍翁。何如陋且醜？得處閨房中。人生各有命，誰能問太空？

楊貴妃二首

壽王宮裏六年春，底事華清賜浴身。多美婦人何必是？忍教閨壼失天倫。

其　二
道士何殊長髮尼？不將家事外人知。玉環好作循環看，顛倒綱常兆始基。

臨潭校士感懷四首

風簷寸晷記當年，萬里雲程望著鞭。底事遠來爲俗吏，衡文先覺我茫然。

其　二
漫說科名拾芥如，一經空博讀遺書。諸生事業埋頭理，辛苦難忘發軔初。

其　三
文章誰擅筆生花？吐鳳才同倚馬誇。過眼豈無迷五色？不堪回憶昔咨嗟。

其　四
多士爭看入品評，當行出色快成名。三年一試知非易，好聽他時折桂聲。

檄飭回崇信任，留別臨潭士庶用前韻四首

司馬權符忽一年，又教回首整行鞭。此心真似洮河水，只解東流去浩然。

其　二

宜民善政竟何如？鞅掌多時愧簿書。爭道番黎勞治理，冰淵猶自凜來初。

其　三

誰種河陽一縣花？漫將邑小讓人誇。量移須按三年例，命未逢辰祗自嗟。

其　四

官如父母聽誰評？自問先慙撫字名。但願吾民無我詈，口碑何處載循聲？

臨行奉勸士庶，再用前韻四首

誰將生計苦年年？富果能求願執鞭。造物無私偏忌巧，何如愚拙任天然？

其　二

凡事休言命不如，傳家第一是詩書。吾民能自安耕鑿，淳樸還看返古初。

其　三

蠅頭逐利莫虛花，本分經營儘可誇。最怪無端來健訟，輸贏事後起長嗟。

其　四

父老應推月旦評，秀才文武亦功名。鄉中何事堪矜式？孝友施家即政聲。

三月下澣，喜家書至，題後

書來報我竹平安，富貴花開日未闌。慶溢重幃欣壽永，謀詒新構覺心歡。焚黃稍慰先人志，垂白猶懷遠地官。中齋來書云，客冬已架新居，并於先祖、先父墳前行焚黃禮，祖母、母親康健如常，猶以來甘爲念。興養不能慙爲米，那堪時向折腰看？

臨行贈姜明經徵渭載軒

老成重望久知名，一載論交勝弟兄。科第盛年膺薦剡，文章奕世竚蜚聲。我慙遊宦腰頻折，君愛看書眼尚明。他日相逢再攜手，龎眉猶許話前情。

臨行口占贈王生光烈兄弟，用前韻

韜畧休教負盛名，竚看難弟並難兄。泮池芹藻期同采，雲路鯤鵬聽捷聲。

奮志豈惟誇甲第？章身還望煥文明。手培桃李他時茂，莫忘當年舊雨情。

攜眷回崇信任

嫁得浮雲壻，相隨即是家。元微之句。古人先我獲，此語向誰誇？頻折途傍柳，猶憐鏡裏花。終年如作客，莫再起咨嗟。

洮州士民出郭送我三十餘里，脫韀餞酒攀戀不舍，作此誌謝

出郭三十里，送我大道旁。道旁雜士庶，跪列如堵牆。使君來一載，恩惠及四鄉。使君今一去，涕淚垂千行。我聞道旁語，感愧爲悚惶。古來親民吏，著績重循良。我何德於民，民胡不我忘？左手持一韉，右手持一觴。愛我留遺跡，勸我飲酒漿。嘉哉爾士民，何日爲爾償？但願後來吏，視爾恒如傷。矧有天愛民，爲我長降康。

校試崇邑童生竣事誌勉，仍用洮州校士原韻四首

鐵硯磨穿感十年，天衢驥足孰揚鞭？諸生不負辛勤力，那有臨場嘆枉然？

其　　二

題橋自古重相如，富貴功名本讀書。敢道公門滿桃李，新陰此日手培初。

其　　三

獨破天荒折桂花，王家昔已二難誇。聯芳棣萼今誰是？幾度秋風暗裏嗟。崇信惟王戌兄弟前後發科，舊有二難坊。近來赴鄉闈者甚少，繼起乏人，殊深盼望。

其　　四

鑑衡謬托細推評，也許争看榜上名。試罷今朝奪魁手，好將雲路兆先聲。

題武陽沈友芸少府囑題畫

白雲綠水兩悠悠，畫意先傳景色幽。愧我一行瞻馬首，懷君萬里望樓頭。家鄉自愛山林趣，宦蹟誰忘海國秋？對此頓教增遠想，他時歸話樂優游。

過六盤山，仍用旅店王幼海題壁原韻

計日烏支道，回頭又六盤。野花仍映翠，山雨欲生寒。宦蹟誰飛舄？征衫獨據鞍。崎嶇懷世路，守己覺心安。是日關帝廟祝籤，有句云：百事營求都得意，更須守己莫心高。

蒲月下澣，一日午倦假寐，夢中得好花三月滿山看句，醒後續成一律

好花三月滿山看，此句吟來夢未闌。敢比池塘春草秀，不關風雨夜燈殘。晚香恍惚尋千朵，曉睡依稀過六盤。月初過六盤山，山中芍藥盛開。可是洛陽開富貴，東皇許我異時觀。

蓮花全韻三十首 有序

家居瀚水，性慕濂溪。外直中通，匪特清香宜愛；深紅淺紫，何殊秀色可餐。覘芳沼之初開，羨瓊枝之乍挺。是誰賞識，使我興懷。即景思人，信堪媲美。緣情賦物，好任相親。爰紀全詩，以當遐想。

我愛蓮花好，新開出水紅。香清時撲鼻，不與眾芳同。

其　二

我愛蓮花好，芳苞蘊內重。曉看微笑處，知浥露華濃。

其　三

我愛蓮花好，臨風向晚窗。夜深防睡去，自喜照銀釭。

其　四

我愛蓮花好，尋芳步玉池。幾番親玩賞，猶認最高枝。

其　五

我愛蓮花好，枝頭葉正肥。李桃春有色，未許鬥芳菲。

其　六

我愛蓮花好，風前自卷舒。荷盤常洗濯，清不染泥淤。

其　七

我愛蓮花好，池塘仰面鋪。丹房窺欲見，葉外露微鬚。

其　八

我愛蓮花好，紅光映滿堤。漁郎如許入，疑是武陵溪。

其　九

我愛蓮花好，移根傍綠齋。幾時方吐蕊，藕節尚深埋。

其　十

我愛蓮花好，偏逢烈日開。炎威能不覺，須向此中來。

其十一

我愛蓮花好，開時幾度親。憐他如解語，雅致最宜人。

其十二

我愛蓮花好，鮮紅軟瓣分。藕衣相映翠，妒殺石榴裙。

其十三

我愛蓮花好，時看翠蓋翻。明珠迎露滴，覆雨若傾盆。

其十四

我愛蓮花好，芬芳簇一團。午風清可納，常在水中看。

其十五

我愛蓮花好，休教信手攀。折來容易謝，無奈似紅顏。

其十六

我愛蓮花好，重開色更妍。莫嫌經雨後，手采正翩翩。

其十七

我愛蓮花好，曾看並蒂翹。不須金鑿地，如覩步生嬌。

其十八

我愛蓮花好，閒情不忍拋。頻來池上立，吟句細推敲。

其十九

我愛蓮花好，重臺勢漸高。碧筒杯可飲，乘醉欲揮毫。

其二十
我愛蓮花好，新英漾水多。倘教齊煥發，綠訝泛春波。

其二十一
我愛蓮花好，含羞半欲遮。六郎安可比？仙品本無瑕。

其二十二
我愛蓮花好，風和送遠香。那堪人影過？驚起宿鴛鴦。

其二十三
我愛蓮花好，香來分外清。藕絲連不斷，惟爾最多情。

其二十四
我愛蓮花好，呼童注玉瓶。新枝隨意插，移近納涼亭。

其二十五
我愛蓮花好，真堪作友朋。幸逢周茂叔，君子久相稱。

其二十六
我愛蓮花好，風光碧似油。佳人偏爾惜，採取渡輕舟。

其二十七
我愛蓮花好，還看結子心。此中甘苦味，曾否令人尋。

其二十八
我愛蓮花好，相憐蕊半含。朝來承雨露，態似酒初酣。

其二十九
我愛蓮花好，歡情逐日添。狂風怕吹折，為護水晶簾。

其三十
我愛蓮花好，姿容本不凡。此生相眷戀，長許啓芳緘。

友竹山房詩草卷五 古今體九十七首

送從叔意堂回南

富貴固所願,故鄉安可違?古人重此事,比若晝錦衣。阿叔昔遠來,爲我侍重幃。勞勞萬里行,朝夕相依依。憶昔共乳日,憶昔同學時。叔與吉同庚生,未十月失恃,與吉同乳,六歲同入學讀書。親愛逾骨肉,遠大各自期。如何薄宦游?偏累久別離。所嗟惟陟岵,今昔同含悲。轉瞬歷八載,叔於丙子,侍吉祖母南來,越今八載。回首欲言歸。非爲衣食謀,何必長奔馳?而況孟光賢,荆布樂齊眉。繞膝有阿弟,可免啼寒饑。歸去成高隱,耕釣自忘機。勝我滯宦塲,長爲風塵羈。惜別傾樽酒,攜手嘆分歧。何時歸田間?重話翰水湄。

贈淑芳八首

清河家世舊知名,十歲聯姻記送庚。帖寫金牛年閏五,月初九日子時生。

其二
底事人來謗語侵,焚香只合拜觀音。世間多少癡兒女,那個娘前口似瘖?淑芳在母家,間有婦女往來,不肯與之言笑,故有是謗。余未冠,客田陽,友人曾戲余曰:"他日當作觀音,焚香奉事也。"

其三
青春十八賦催妝,爲愛嬌羞字淑芳。最喜山房名種桂,夜來新噴一枝香。

其四
窗下書聲聽有無,繡帷相與勵工夫。何當負笈從師去?又獻深閨夜織圖。淑芳以織圖贈余,謂讀書如織布,不可間斷。

其五
三年家計累支持,勤儉曾看處室宜。不爲貧寒怨夫壻,却教休作爨廖炊。

其　　六

薄宦相隨萬里遊，憐卿多病復多愁。年來甘苦同消受，爭比梅花瘦似不？

其　　七

花開珠樹喜成三，從此枝頭不再含。無奈秋風吹折一，傷心春色望天南。

其　　八

禮佛燒香早晚皆，每逢朔望便持齋。可知私祝無他語，但願齊眉百歲諧。

檄委署貴德司馬感懷，時自洮州回崇信本任甫一月有餘

小憩纔逾一月餘，旋教策馬啓征車。馳驅敢説綏邊塞，撫理深慙博上譽。宦蹟終年徒歷碌，官階何日是真除？高堂尚喜春秋健，浪得虛名慰報書。時將遣人回南。

七月初十日遣家人馬忠回南

爲報平安遣汝回，長途跋涉去仍來。閩山楚水看行色，雪路風帆試壯才。遠宦更增離思結，高堂倍覺笑顏開。春暉萬里遙相望，計到家時始放梅。計期十月可以到家。

會寧道中口占

行路難，行路難，七十二道脚不乾。春水泛漫秋水發，行人遇此心膽寒。君不見峽水之流窄且急，孤舟激浪何湍湍？又不見，蜀道之高百千級，攀緣直上入雲端。登山涉水固不測，康莊馳騁詎即安？請看前車覆轍處，但防險阻忘坦寬。吁嗟乎，人生到處行路難，何止七十二道脚不乾？

謁大憲極蒙獎譽志愧

古人作吏重愛民，今人作吏先患貧。愛民患貧不兩立，聚斂何如有盜臣？官取諸民民取土，此中應識民艱苦。半絲半粒悉脂膏，視此豈容爲過取？我聞國計關民生，民能一心成堅城。矧是太平親民吏，曷不慎守貽令名？

中秋翫月

秋色平分夜，風光似去年。人方嘆離別，月又照團圓。閨思三更夢，征途萬里鞭。那堪遊子念？回首望南天。

十六日夜玩月仍用前韻

千里同明月，回思又一年。去年是日，由洮州晉省。相看今夜望，是月十六爲望。猶似昨宵圓。冷艷飄金粟，清輝耀玉鞭。佳人知我憶，端屬桂花天。

重陽節貴德署中口占

登高令節紀重陽，邊地寒飛九月霜。分手自憐萸佩紫，時其泰弟回南，正在道中。滿頭誰插菊花黃？詩慳客有催租至，官冷人無送酒嘗。顧我遠遊慙負米，天涯萬里倍思量。

歲杪赴敦煌任志感

漫云一歲是三遷，歷碌奔馳又盡年。羈跡宦途如履險，關心民事在安邊。累多愈覺長程苦，親老還期晚景妍。此去春風玉門外，西征十載著吟鞭。余乙亥來甘，越明歲甲申計十載矣。

癸未除夕次沙河

挈家除夕次沙河，歲月催遷感擲梭。入口敢云妻子累，廿人爭奈僕童多。官貧衣食知難減，路遠輪蹄覺易磨。送舊迎新分此夜，春暉萬里望融和。

同馬參戎遊鳴沙山月牙泉歌

敦煌城南山鳴沙，中有天泉古渥洼。後人好古渾不識，但從形似名月牙。或爲語音偶相類，聽隨世俗訛傳訛。按：渥月皆入聲，洼牙皆麻韻。或後世因其形似，遂訛爲月牙。我稽志乘分兩處，古碑何地重摩挲？參戎馬公偏好道，葺修古廟山之阿。約日驅車同訪勝,一泓清漪月鉤斜。堆沙四面風捲起,人來坐墜寂無譁。忽聞沙裏殷殷響,聲似漁陽鼓摻撾。人道神靈不可測,英物未許人搜羅。漢武當年產天馬,萬里沙塲戰馬多。何如今日成陳迹？沙不揚塵水不波。渥洼渥洼是與否,我還作我鳴沙山下月牙歌。

袁千之英索余詩草,見有我愛蓮花好全韻詩三十首,因畫蓮花圖,並繫古詩一首贈余,即和其韻寄謝

誰羨丹青手？汾陽袁千之。貽我蓮花圖,花開碧參差。憶昨建康郡,相見慰平時。索我詩草看,逢人説項斯。彼此性情同,新交即故知。我觀古人畫,能畫少能詩。如君有兼才,光怪復陸離。我家在閩南,君家在河西。爲我愛蓮人,卅首寄相思。大寫三尺紙,枝葉高如旗。妙手奪化工,揮灑想臨池。君畫若作書,意到筆自隨。吐屬本工雅,更繫古詩詞。思君未得見,對此神倍馳。始信花爲璧,珍重是君貽。何時碧筩飲？得以療渴饑。再過酒泉來,君應不我遺。

次袁千之題友竹山房詩草二首

詩教關世教,匪徒擄素抱。所以古人言,詩書該至道。唐宋與元明,論世分工巧。矧有淹博人,堆琢誇麗藻。豈知詩如仙？到處即瑶島。我愧無別才,入夢非春草。時自抒性靈,安敢問淵浩？君本自能詩,先貴陳言掃。一氣常卷舒,戛戛心獨造。恐君爲我評,同心故言好。

其　　二

詩愧無秘詮,孝友凜性天。余懷時欲白,廼以詩爲宣。不見魚有墨,噴沫自成烟。不見蠶有絲,吐屬自纏綿。雕蟲原小技,對此或類然。更有同心吟,半爲情意聯。讀者知有感,詠之豈無端？譬如藝黍稷,高下因其田。關雎興窈窕,國風冠首篇。錦瑟托朱絃,誰得疵義山？顧我憐香詠,胡爲自刪焉。余詩多香奩體,刪出別爲一集,名《憐香雜詠》,然稿中尚多此類,亦不能割愛之意。迂拘不可學,那識經與權？愚賤不可爲,自好用與專。我苟慕大雅,此詩安足傳？十載俗吏行,已悔髩

毛斑。回首望庭幃，但解吟詠懼。

武威曾元魯誠孝廉，來主鳴沙講席，構袁千之畫松，見而愛之，口占寄呈千之，并索畫

畫松仍是畫蓮人，夭矯雲龍更逼真。我愛大夫與君子，一堂併作四時春。

送章之王生憲歸里應試選拔

拔萃科開十二年，敢云衣鉢此相傳。懷君萬里初投筆，似我三秋始着鞭。薄宦風塵慙跋涉，高才雲路看聯翩。應知出色青爲勝，不在區區博選錢。

懷三弟中齋，時適遣人回南，書箑頭寄歸

一官今十載，深愧仕爲貧。所賴吾弟賢，家居勵苦辛。重幃娛菽水，定省歷昏晨。功名固天命，富貴薄依人。如今三十餘，始得列成均。努力肯堂構，學問重敦倫。莫以老兄悞，而再涉風塵。何時萬里游？報答慰三春。願弟承色笑，長以奉慈親。鴻雁自南來，爲我寄書頻。

遣曾福回南用去秋遣馬忠回南原韻

十年纔遣汝南回，薄宦隨余望去來。閱歷應知嘗苦況，紀綱漫説屬麤才。事因忠信欣深託，書報平安喜屢開。歸看高堂增色笑，好將消息付寒梅。

三弟中齋端陽節前至蘭，書來志喜

得信還期刻日臨，用舊作句。十年珍重弟兄心。慈暉好望三春報，薄宦何堪萬里尋？邊塞星霜勞遠涉，故鄉風雨憶離吟。竭來姜被容同卧？聽説家居入夢深。

次瓜州口接王生章之來書，知登拔萃志喜

佳音報我喜成名，始信文章有定評。五試冠軍推獨步，一經選雋兆先聲。

鱻官自愧三年望,高第相期萬里程。衣鉢真傳誰見許？知君筆下本縱橫。

次雙井子步壁間袁蠡莊出關原韻

一彎殘月映征鞍,破曉前驅露未乾。匹馬東瞻紅日起,孤鴻西指白雲看。深情幾見歌三疊,離緒渾忘語數端。莫向英雄説兒女,教人回首望長安。

王生章之來書,知已啓程前來,計期出月初旬可到,復次前韻

征途僕僕爲功名,知遇兹欣副昔評。驥展他時看捷足,鶯遷此日賦同聲。重來已報三秋信,遠適何堪一月程？好待蟾光圓半璧,談心共指斗牛橫。

和家弟九逵鴻猷寄贈原韻二首

移孝曾聞可作忠,鱻官如我竟何功？髩絲已染寒霜白,衣綵猶翻愛日紅。詩到窮愁知易好,刃逢盤錯愧難工。天涯遊子無他志,恐負循聲達帝聰。

其　　二

家居自是弟兄親,君奮南溟我宦秦。十載風塵花樣舊,三秋雲路羽毛新。余以壬申選拔,今秋又值試期,吾弟可望入選。披吟雅句傾心久,聽報佳音洗耳頻。爲囑木雞年又屆,前乙酉科,家梅村公登鄉薦,余查弟星造應以明歲乙酉報捷。聯翩翰苑列詞臣。

懷同邑棣圃連豫莊經、李圖南維鯤、連芝田士荃、賴實田慶茂諸兄弟

棣圃論交日,怡然五弟昆。豫莊年我若,賦性獨雅醇。圖南本宦族,純粹玉比温。芝田名下士,矯矯更不羣。實田最年少,意氣欲凌雲。顧我鈍且拙,胡堪齒諸君？所貴道義交,匪特重能文。憶昔同射策,藻彩何繽紛？偶爾刊棠作,知遇誌一門。世人好臧否,一第輒較論。功名固天定,垂老尚云云。我非薄前輩,

識者探其源。吉與豫莊五人並木齋陳丈，己巳督學葉筠潭夫子科試俱列上等，吉喜知遇出於一門，因刊棣圃試卷，以木齋係姻戚，不與棣圃，故不敢列。庚午，木齋登鄉薦，鄉先輩有"不應棣圃少君名"之句，頗涉成敗英雄之論。惟茲弟兄好，終始古誼敦。十年嘆離別，音問時相聞。虎觀推首選，鶚薦復冠軍。多文富可羨，詩禮訓尤殷。人生當自適，知足殊欣欣。吉來甘十年，聞豫莊近已首膺歲薦，圖南試復冠軍，芝田援例貢成均，且年來富足，深得稽古之力。實田尤嚴庭訓，令嗣少年英雋，有乃父風。我獨憨遊宦，萬里歷征轅。家弟故鄉來，朝夕絮語繁。爲言各近況，回首望田園。何時三徑裏？重傾酒滿樽。鴻雁送南歸，爲我致慇懃。莫以俗吏行，而作秦越分。春來盼棣萼，枝葉日益蕃。臭味休差池，長願泡芳芬。

贈振啓叔

蘭蕙生幽谷，無言能自芳。松柏產培塿，大廈作棟梁。人當爭樹立，卿相亦尋常。吾家傳經史，世業著縹緗。伊昔濟唐公，宿學老彌强。壯遊歷秦楚，歸隱自韜光。功名不繫念，甘苦身備嘗。大年躋耄耋，後嗣嘆弗昌。叔以從姪親，承祧慰所望。庭訓嚴詩禮，髫齡凜義方。十三纔舞勺，師範式綺陽。老成袪幼志，迥異弟子行。叔年少老成，十三歲設帳，綺陽弟子年皆相若，悉遵訓誨。握別今十載，人事遠故鄉。後生固可畏，同學半就荒。頃聞宗族間，惟叔志激昂。詩才追七步，文史富巾箱。鵬程九萬里，奮翮安可量？堪笑世俗人，務外喜喬皇。飾觀重儀表，誰復問枯腸？科名與學業，勢若分參商。我愛讀書者，富貴先相忘。譬如肯堂構，我惟固垣牆。勿以好華靡，而徒侈鋪張。又如勤種樹，我惟重稻粱。勿以襲花藻，而致少積藏。古人敦學殖，蘊奧發奇香。請看豐城劍，萬丈起光芒。莫謂識者希，有美久必彰。

和袁千之題贈索畫雙松圖原韻，並謝近賜山水花卉字畫十六幅

人生束縛似鹽叢，安得挺拔如蒼松？蒼松冬夏翠陰濃，不比春花鬥曉紅。我欲於此求真意，何處點染奪天工？展圖劇愛尺幅中，爲我寫配玉芙蓉。前畫蓮

115

花圖見贈,因復索是畫。恍登泰岱最高峰,仰視雙幹若神龍。首尾深藏不得見,遮莫畫法神與通。我聞秦封五株松,又聞丁夢十八公。何如生面勞吾子?不羨千紅與萬紫。墨瀋淋漓揮灑間,居然晚節後彫美。韋偓畫松杜老題,君今一手能兼是。昔日送我詩與蓮,朝夕相對心怡然。今復一堂成壯觀,不獨兩松樹,使我日坐忘塵緣。

大　風

大風颷起沙飛揚,天上白日爲昏黃。城中沙塵入户牖,須臾几案堆如霜。人面咫尺不可辨,視若鬼蜮漸茫茫。始知人世有奇變,霎時明滅成滄桑。三日兩日不得息,風聲瑟瑟人淒涼。夜半月影忽東上,恍如白晝日重光。不識大風歸何處?天公還我雲漢章。嗚呼!人心變幻不可測,因風吹火時譸張。安得天公長鑒此,不使肆口聲如簧?

送淑芳歸里七律疊韻六首　并序

征夫思婦,從來多曠怨之情;才子佳人,自昔重倡隨之義。是以安豐室内,猶見親憐;世遠房中,曾聞愛玩。固閨幃之韻事,實倫道之造端。然而疥痔何妨,糟糠不厭;牛衣對泣,未必傾城。鴻案相莊,詎真絶世。則陋孔明之擇,轉嗤許允之嫌。又或白首難偕,紅顏易謝。當鑪賣酒,感念暮年。落葉添薪,傷懷曩日。即重羅敷之好,更增奉倩之悲。至於溝水西東,浮雲南北。秦嘉遠去,頻械徐淑之書;蘇蕙獨居,但寄竇滔之錦。誰無結髮,莫綰同心。偶有齊眉,翻虞反目。何期蕩子獲配芳卿,薄宦相隨;漫説從夫之貴,重悼闊別。不忘思母之懷。屬長女之及笄,會季男之將冠,正宜婚嫁,爰賦旋歸。萬里長途,言之何忍,一生多病,行矣良難。夜雨綢繆,詠錦衾於獨旦;秋風蕭瑟,嗟團扇以何年。因綴離吟,用賡疊韻;我惟自愛,卿解相思。此時堂上萱花,情實殷於拜母;他日陌頭柳色,悔莫起夫封侯。倘令重來,仍唱合歡之曲;願圖偕老,再歌歸去之篇。

不忍相離竟令歸,此心難別總依依。深閨廿載同甘苦,薄宦十年共渴饑。

生子却因婚嫁累，憐卿那許笑言違？他時侍養春暉永，好看齊眉祝耄稀。

其　　二

當年作客喜余歸，無限離懷故故依。路遠但言勞跋涉，家貧不說苦寒饑。一官如繫情何恝，萬里相隨願未違。莫向浮雲怨夫壻，金閨人到玉關稀。

其　　三

卿忽言歸我未歸，不知何日遂瞻依？幾時臨別心如碎，此際當餐腹忘饑。萱室三春歡侍養，蘭階兩地悵睽違。孤鴻莫道西征慣，那個英雄淚獨稀？

其　　四

重幃午歲賦南歸，夢齩猶如膝下依。最喜弟兄同舞綵，那愁兒女尚啼饑？我承慈訓宜常凜，卿式賢聲戒莫違。回見高堂增色笑，天涯休遣寄書稀。

其　　五

萬里歡攜子婦歸，獨憐游宦向誰依？此行卿已增勞頓，于役人應更念饑。萍水去來原不定，藕絲牽繫暫相違。多情好似天邊月，若得常圓恨亦稀。

其　　六

淵明五斗賦來歸，爲米何曾得所依？邊塞無花縈客夢，衡門有水樂吾饑。懸知別後情應重，爭奈當前意若違？我唱陽關送鄉里，忍教春月賞心稀。

和外送歸里疊韻六首原韻

張　滋淑芳

君未能歸妾忍歸，幽懷好共話因依。敢云兒女來時累，莫忘夫妻去日饑。夢裏思量還意合，行間言語與心違。玉門關外寒威重，爭奈春風到此稀。

其　　二

慈懷寄語盼兒歸，十載閨思夢寐依。養女休嗟道旁棄，隨夫不怨室中饑。西來宦轍年頻徙，南望鄉關日久違。爲說平安憑遠報，長途猶恐信音稀。

其　　三

侍養姑嫜合告歸，重幃攜妾昔相依。興迎萬里開顏笑，旆返三秋望眼饑。菽水承歡知有訓，蘋蘩主饋凜無違。耄齡行祝家王母，又看萱堂介古稀。

其　　四

兒時未識賦于歸，只道深閨母是依。一自催妝癡若夢，幾番離別怒如饑。畫眉猶爲顏容惜，分手何堪色笑違。讀罷新詩含泪和，淚痕多覺墨痕稀。

其　　五

來不偕行又自歸，兒曹但向妾身依。還思遠宦相隨願，應憶中宵對泣饑。欲別私懷重指誓，臨歧密約更防違。那知無限談心處，話到離情語轉稀？

其　　六

天南征雁趁秋歸，雙燕猶看舊壘依。自解多情憐妾病，誰將秀色療君饑？行期畏卜心難別，離緒酣吟語暫違。夫塿浮雲望邊塞，春回不忍問花稀。

三弟中齋來署甫數月，旋即南歸。淑芳母子與之偕行，殊增睠念，仍疊前韻贈別四首

十載離家日望歸，荊花有樹弟兄依。壯遊喜見年方富，貧病欣逢歲不饑。雁磧沙場邊塞迥，人情風土故鄉違。男兒何必封侯願，得作山中宰相稀。

其　　二

剛來數月又懷歸，回首高堂萬里依。此日伊人歌宛在，當年季女詠斯饑。風塵閱歷情如繪，雲路聯翩志詎違？好去南溟奮鵬鶚，冲天誰道羽毛稀？

其　　三

秋往春來幾度歸，雁行憐我客中依。長途日月勞征邁，遠地星霜忍餓饑。萱草北堂重葉茂，棣華南圃數年違。登高遙望逢佳節，應念茱萸遍插稀。

其　　四

到家妻子遠遊歸，宦況難忘故舊依。可有駒文慰吾望，能無鷹隼附人饑。塤箎但願同聲叶，詩禮休教往訓違。三徑他時看晚景，莫將松菊種來稀。

淑芳擬欲南歸情不忍舍詩以慰之四首

歸去重看大母憐，一家團聚尚依然。養親課子卿宜任，西望應教慰所天。

其　　二

三春報答望慈暉，何獨憐卿別我歸？信有思兒情更切，十年常覺夢魂飛。

其　　三

薄宦當年萬里尋，那堪今日賦歸心？可知兒女能爲累，從此相思詠錦衾。

其　　四

與卿卅載爲夫婦，未有三年嘆別離。此去若從偕老願，歸來還是半生期。

臘月八日安西城外送別二首

臨歧但道免思量，臉上先看淚兩行。知是語言難盡訴，囑郎無奈自懷郎。

其　　二

十載相隨一旦分，回頭萬里望春雲。最難今日還離別，除是他年始見君。

自　題　小　照

薄宦天涯今十載，顏容漸覺舊時改。風塵勞擾可憐身，手把芸編自追悔。兒時好讀望成名，幾度寒窗對短檠。如今案牘紛挐裏，空負詩書過半生。無端爲我畫窮狀，依然作個書生樣。面目莫言更可憎，雪霜已染髩毛上。回首高堂日倚閭，不知兒狀近何如。一官爭奈身如繫，猶愧當年讀父書。妻孥偏道形容是，歸見慈顏增色喜。七十老萊尚舞衣，持將此幅付鄉里。漫云阿堵是傳神，應憶尋梅種桂人。此後平安萬里報，一枝長放隴頭春。余前歲有同鄉陳一峰過蘭，爲圖小照，頗得形似，而筆畫甚粗，不足觀。內子淑芳獨謂恰肖，因題以持歸。昔年有尋梅、種桂兩圖。係余與淑芳分繪雙幅。淑芳前歲因畫弗肖，故置之。近仍以舊照存余座右，幷言再畫寄來。

清明日懷眷屬南旋行次長安道上

清明無客不思家，矧是歸途萬里賒。宦況十年同滯跡，行程三月尚登車。長安麗日懷依柳，邊塞浮雲賦及瓜。時余已卸敦煌縣事。竚看杏花消息裏，春暉遙映紫蘭芽。冢婦有娠，時在道上，已屆分娩，殊深盼望。

家童喜養山雞，余令放出，旋即飛去，尋之不獲，偶占以示之

偶令山雞放出籠，高飛不假羽毛豐。須知野性終難養，莫逐潛踪匪易窮。振翼他時看舞鏡，回頭此日悟驚弓。可教前去依桑下，我愧中牟化未同。

青厓王生憲近見余詩隨即和韻，饒有青藍之勝，因用前韻，歌以美之_{王生原，字章之，別號青厓。}

姓字何時好共籠？輸君如玉屬年豐。_{青厓前和店壁詩章，有"姓字他年好共籠"之句。}囊羞薄宦詩爲富，句喜高才韻不窮。師弟無猜居丈席，男兒有志看弧弓。秋來雲路聯翩去，漫説科名此日同。_{余癸酉拔貢，青厓近以乙酉拔貢。}

武威孝廉曾元魯誠 _{甲申，延主鳴沙講席，與余執弟子禮甚恭，余無以教，且愧不敢。然余望元魯之善教諸生，與諸生之能遵教化者，又區區之心所不能已也，因用前韻，歌以贈之，並勖諸生。}

桃李新陰曉色籠，鳴沙此日仰南豐。瓣香君看從游敬，丈席余慙議論窮。竚望爲文皆入縠，須教中的本操弓。諸生莫負栽培力，珠玉漫言采不同。

即　　事

言歸無計再淹留，女嫁男婚事到頭。頓使兩人人兩處，又逢三月月三週。_{淑芳以客臘初三日啓程旋南，至今三月已三越月。}行程漸看風帆便，_{計三月望間可抵樊城，舍車而舟。}羇客猶懷雪路修。我向南天增遠望，重幃團聚近新秋。

留別敦煌父老士民

古來爲宦者，患在不自知。新官初至日，舊官將去時。誰興來暮歌，誰泐去思碑？古人如可作，此語非我欺。憶我來兹土，剛是一年期。我民無犯法，法在有等差。我民有待澤，澤及無或遺。二者皆吾勉，未必無偏私。嘉哉我士民，古風尚可追。士習畧淳樸，民俗近恬熙。輿情視所感，責在官所爲。顧我一書生，

十載苾邊陲。循聲非敢望，終歲累奔馳。春風度玉關，夏雨車相隨。秋霜及冬日，威愛宜並施。誰謂一年中，不足言撫綏。所愧親民官，官與民相離。未聞爲父母，不自愛其兒。未聞爲赤子，不以母是依。但願吾父老，持此告庭幃。人生重孝弟，百行爲首推。從此施于政，家國無異宜。士民聽我語，治人先自治。耕讀安本分，舉動循矩規。所戒在多事，好訟逞虛詞。勿以身試法，私冀長官慈。新官父母來，我去從此辭。匪徒爲爾言，吾亦凛在茲。

淑芳途次聞家岳母周太孺人仙逝，不勝悲痛寄唁

母女睽違忽十年，肝腸有病似相連。那堪危恙初除日？便屬慈顏永訣天。淑芳客春染病，至四月初旬始愈，七月得四弟來書，岳母亦於三月嘔血。茲聞凶耗，竟於去年四月四日溘逝。詠雪終悲道旁棄，前和歸里詩有"養女休嗟道旁棄"句，竟成往事。浮雲更爲客中憐。休言坦腹東牀下，泰水恩深總罔然。

讀白香山詩和微之聽妻彈別鶴操有感，即用其韻兼呈王青厓

義重莫若妻，香山釋其理。我讀香山詩，不禁思鄉里。商陵苦妻出，別鶴嘆無子。微之聽妻彈，別鶴聲入耳。香山亦無兒，有妻還自喜。所以古達人，夫妻重綱紀。顧我賦瑟琴，如鼓羨和美。有操不解彈，有子差足恃。翻因婚嫁累，亦偕中夜起。勞勞萬里行，此行非得已。妻歸侍姑嫜，重幃奉甘旨。我尚滯邊陲，家貧戀祿仕。偕老百年期，半生從茲始。請看房中曲，非與別鶴比。青厓年甫壯，相念亦如此。此去正新貴，莫感東西水。願以古人賢，始終相勉矣。青厓與尊閫甚相得，近以未有子息，請先納寵。余嘉其賢而勉青厓之未可也。

日來作詩索曾元魯和句，迄未見覆，仍詩以促之二首

索和詩章似索逋，高齋連日累工夫。不知前去巴人句，得奉瓊瑤報我無。

其　二

少年何至斷吟髭？想見揮毫落紙時。遮莫南豐嫌我拙，不教坡老再來詩。

元魯因余寄詩索和，前作比於索逋，隨即寄來和韻二首。以前人因催租而詩中止，今以索逋而詩始成，爲比屬政於余，口占解嘲

索逋何幸勝催租，兩首贏他七字珠。好寄雲箋快揮寫，免教門外再追呼。

次王青厓沙州竹枝詞原韻八首

邊氓鳩聚少閒遊，終歲耕田望有秋。不道敦煌原古郡，行人慣説是沙州。
_{敦煌居民惟耕田爲事，邑名敦煌，而武營仍名沙州，故往來行人多説沙州，查城南皆沙山。}

其　二

改邑當年設色新，分田授土繪魚鱗。太平中外真如一，都是遷來內地民。
_{邑原爲沙州衛，遷內地五十六州縣之民來此屯田，分爲二千四百户，每一户給地一分。}

其　三

冬澆春種喜安苗，無雨全憑積雪消。立夏十渠量水日，一分争道歲豐饒。
_{邑分十渠，引党河之水澆地。自冬至春澆水謂之安苗，立夏日始分排水。每户一分，即望豐收。}

其　四

西望三危聳入雲，沙山遥接勢平分。風來高下隨舒卷，半似春潮漾水紋。
_{邑西二十里許爲三危山，迤南接連沙山，有千佛洞諸勝。每大風過後，沙山積如水紋。}

其　五

清泉一勺月爲牙，四面堆沙映日斜。爲問渥洼何處是？龍媒除此別無家。
_{邑南五里許，有月牙泉，舊傳即渥洼泉。四面沙堆不能侵入水中，而志書仍分兩處，無可考。}

其　六

生計挖金孰與籌？轆轤三轉亦難求。春來開廠秋來閉，無復餘錢上酒樓。
_{南山金廠盛時，金夫獲利多醉酒樓，近來挖金須用轆轤，三轉到底始有金砂，較前艮難。}

其　七

前途沙漠達新疆，萬里征夫是我郎。婦女相隨甘受苦，不貪翠羽與明璫。
_{邑居民近已殷繁，地無加增，間有挈家赴新疆者，請給路票，標其由赴於某處，受苦殊堪憫惻。}

其 八

民俗無端逞氣雄,爭論半是醉顏紅。比如一夜狂飈起,莫道終年少好風。
邑居民頗淳樸,惟飲酒後多滋事端,亦如此地大風陡然而起,靜息後仍屬清明。

春日卸敦煌事,稍務吟詠,每作一篇,即錄呈
青厓相許可,青厓留余詩箋,即代錄稿內,欲
作他日見書如面之意。偶占一律誌愧

月夕風晨共寢興,此中生計總相仍。酬吟人是思家客,卸事官如退院僧。十載簿書成俗吏,三春詩句付良朋。他時珥筆趨芸閣,可對雲箋憶我曾。

家大母壬午三月初十日由靈臺南旋,近已三載,
昨四弟家報云,老年康健,眠食如常,口占志喜

重慈歸去日,轉眼又三年。人望雲伊邇,家看月正圓。春暉欣鶴健,夏屋喜鶯遷。四弟客冬十一月初四日,奉家大母、母親移居壁圖山莊善慶堂。九秩今開六,還期百歲綿。

母親別來今十年矣,履吉天涯遊子,時深馳慕。昨四弟家報云,
起居壯健,步履不事支杖,殊堪私幸,仍用前韻志感

膝下深南望,睽違已十年。綵看今日舞,鏡憶昔時圓。先君謝世近已二十二載。萬里晨昏隔,三春歲月遷。稀齡遲五載,瓜瓞慶綿綿。

三月初十日,王蘊山邀曾元魯、王青厓並余重遊月牙泉,
餞送青厓赴試,仍用前韻口占紀勝

勝地靈泉闢,來遊甫一年。跡尋前展印,形看半規圓。邀友情同契,懷人事已遷。者番重到此,興致更纏綿。

遊月牙泉歸途漫詠

舊日詩章在,相看壁上留。是日留客歲遊月牙泉詩板於壁。壁上舊有前令黔南朱小梧

同年題詩於右。一痕鴻印爪,十里馬回頭。沙際波紋動,池邊月影浮。嵐光迷曲徑,渠水滿平疇。綠樹濃於染,青苗嫩欲抽。歸途饒景色,覓句紀重遊。

次王青厓重遊月牙泉紀勝四首原韻

勝地欣逢春再至,閒情喜伴客重遊。銀河此日看垂影,鐵背池中有鐵背魚。何時誤墜鉤？萬里好乘天上馬,一番相聚水中鷗。雲泥爭奈當前判,君訂行期我滯留。

其　二

一十年來遠遊客,八千里外未歸人。初弦月上圓猶早,半榻雲生到已頻。綠樹濃陰宜九夏,紅花潋艷憶三春。陽關柳色青垂岸,不似桃源嘆隔津。

其　三

水如天際星源瀉,山是沙坳月影垂。到底難將千尺計,圓時好作一輪窺。渥洼自昔傳斯地,頍璧於今類此池。無事龍媒誇異種,騎驢今亦解吟詩。壁上亦有文人題詩,雖未成律,頗有詩意,可見關外文風蒸蒸日上。

其　四

半畝靈池推第一,纖鉤新月看初三。併來此地泉爲勝,重到吾儕酒正酣。水有源頭同活潑,圖無太極自渾涵。吟成欲作詩中畫,留取他時好共探。

乙酉三春,送王青厓赴青門會考,並勉秋闈捷步

人生相逢如萍水,隨風聚散無定止。又如桃李逐春風,一年一度看花紅。我向春風歌一曲,送人萬里春山綠。不須三疊唱陽關,同是征人奈局促。君今騁步馳康莊,長安道上日騰驤。三月杏花八月桂,馬上攀折一枝香。我憶武陽初相識,與君投契勝膠漆。愛才如命矢平生,懷君獨具生花筆。客歲科逢拔萃開,梗楠杞梓皆英才。君試冠軍經五戰,爭看奪取錦幖來。八載追隨期奮勉,會須讀破書萬卷。丈夫志氣薄雲霄,不獨青錢博入選。顧我麤官愧著鞭,出山自悔辭清泉。一入風塵羈驥足,回頭同輩盡神仙。君不見,拔茅連茹以其彙,讀書莫急求富貴。又不見,松柏之材作棟梁,十年生計莫倉皇。

暇　日　偶　懷

爲官難得暇，暇日當何如？有客宜請酒，按：自香山詩請作平聲，《正韻》、《集韻》、《漢書·賈誼傳》皆讀平聲。無人且看書。閒吟情自適，靜坐體常舒。剗值春光好，游心契太初。

青厓赴青門會考，行有日矣，余作長歌以送之。茲青厓復用余日前重遊月牙泉歸途漫詠原韻作留別詩三首，韻穩而句工，不勝欽佩，勉依來作再和，無復言詩。聊以誌異日相逢而毋忘，此際之相與有成也，則幸甚

八年歡共聚，此際去難留。夜雪陪關外，春風送陌頭。李桃晴日麗，楊柳曉烟浮。別路青依岸，歸途綠滿疇。搏鵬宜翩奮，策馬快鞭抽。好赴嫦娥約，蟾宮久許遊。青厓肄業蘭山書院，制藝久爲山長張玉溪、秦曉峰所推許。早決秋闈必售，無何辛巳、壬午兩科因病不與，故遲留至今。

其　二

君步青雲去，我猶紫塞留。無人談麈尾，有客夢刀頭。驥欲乘風展，鳧方逐水浮。臣心依北闕，農事問西疇。刃敢誇餘試，簪還望早抽。南天春景好，何日賦歸遊？

其　三

巴吟時索和，雅句愛同留。脱稿來燈下，生花出筆頭。雲呈箋色燦，月映墨光浮。離思懷芳草，閒情到翠疇。日前同青厓遊月牙泉，歸途閱田疇景色，因作前詩。枝看丹桂折，芽望紫蘭抽。紫蘭抽句意已見前。異日相逢處，毋忘昔共遊。

次曾元魯送王青厓歸赴長安秋試七律二首原韻

已分窮途累此身，十年遊宦總依人。君皆阿鳳看聯步，我似轅駒悔夙因。離緒何時重話舊？吟箋連日競裁新。休言倡和今成例，詩到情來更出塵。

其　二

新詩佳句羨如璣，興會淋漓信筆揮。原唱有"送春時節送人歸"，最爲篇中警句。賦別將分三友袂，披吟迥異百家衣。霓裳他日容同詠，雲路今朝任遠飛。我嘆春來與春去，不堪重疊送人歸。客臘送舍弟旋南，今又送青厓歸里。

勸王青厓少飲酒

君非善飲者，一飲無不醉。醉後輒悲啼，眼中先墜淚。雖然出至誠，其如嘆弗類。青厓性至孝，自幼讀書，深費乃祖心力，故每醉後輒思乃祖生時鍾愛，不勝悲泣。余以雖出至誠，然君子哭泣，有時似可不必。又或醉如泥，昏昏便欲睡。事雖大如天，醉亦忘所記。非酒能醉君，君先爲酒累。我性不能飲，不識酒中味。勸君欲飲時，飲以少爲貴。勸君將醉時，醉當先自避。莫以醉後人，供人作酒戲。矧君非酒徒，曷不高位置？

> 頡沛亭潤武陽諸生，來敦煌數載，以舌耕爲業。近獲續配，聞新人先自擇壻，謂世間無餓死讀書人，即注意於生，生亦意愜，遂締良緣。余以農家婦女能道出此語，即爲我輩揚眉吐氣，當焚香祝之。又何必如花似玉，始向閨房中拜生菩薩哉，詩以賀之

世無餓死讀書人，此語誰能道得真？羨爾如花能擇壻，笑他照鏡只工顰。眉看重畫情彌愜，心到相知意更親。記取明年璋弄後，傳家依舊是儒珍。

> 余書前詩箋面贈生，生得詩益喜，請書橫幅，意將懸之房中，作此時之佳話也。因廻前韻歌以勉之

新詩合作袖中珍，壁上重看分外親。語妙應稱如意婢，情深不羨捧心顰。君邀青眼垂憐喜，我信紅顏賞識真。從此鳴雞更相勉，世無餓死讀書人。

偶　成二首

夏日怯炎熱,秋風愛晚凉。天時與人事,曷不細參嘗?

其　二

夏日頻揮扇,秋凉欲授衣。人心與天意,何事故相違?

古　意二首

郎似芙蓉花,妾是花中子。難得花常開,願抱花心死。

其　二

郎似桃李核,妾是核中仁。若教離核去,無事再逢春。

遠　行

頻年忘作客,此日感行人。相望陽關外,遥臨漢水濱。歸途猶認舊,勝事正逢新。計眷屬三月望後至樊城,四月中旬安陸府與三男完婚,即可順道回里。回首重幃裏,秋來笑語親。

曉　起

曉起渾無事,庭前一鶴閒。雨來楊柳翠,水灑蘚苔斑。獨立頓懷想,高吟自往還。春風相送後,詩興未全刪。時王青厓歸里,朝夕無與談詩。

友竹山房詩草卷六 古今體一百八首

偶　題余刻送淑芳歸里詩,時敦煌有趙木匠能刻行書,頗不失真,其婦能作墨搨,近又刻敦煌留別諸詩,其搨本仍出婦手。乞余書素箋,題以賜之。

句愛香山老嫗知,矧由纖手搨新詩。狂吟自爲分離賦,文采偏參刻鏤宜。此日留痕看鴻爪,當年索解到蛾眉。憐他工作愚夫婦,也識歌章重唱隨。

懷淑芳行次楚北爲三男完昏用前韻

何時書報遠人知？獨坐重翻去日詩。藻思猶來閨閣夢,桃夭讒咏室家宜。風帆望我懷分手,雪案憐卿憶畫眉。但願高堂春晝永,浮雲萬里再相隨。

五月初九日懷淑芳生辰,用甲戌都中誕日舊作原韻

別後今過百五辰,又逢生日憶情親。幾時重祝剛卿健,此際相思詎我嗔？綺閣應看詠難老,布裙猶願守清貧。懸知客路停舟處,舞綵雙雙慰遠人。

次三弟中齋書便面,和客歲來署志喜之作,續書詩後

歸途勝事喜重臨,萬里相思共一心。遥卜熊羆初入夢,又看鸑鳳近攀尋。中齋護眷南旋,途中長婦分娩,三男完昏,一路滯留,不勝馳繫。棣華何日聯新咏？桂楊當年憶舊吟。料想抵家團聚樂,秋來西望更情深。

五月初九日夜喜雨

一夜淋漓雨,庭階滴瀝聞。自天施霢霂,匝地見繽紛。足慰三農望,應添四野欣。爲霖勝金玉,先卜稼如雲。

晚霽

終年多不雨，一雨便成秋。暑氣隨風退，清光映日浮。鴉翻烟外樹，燕集水邊樓。霽色看來晚，狂吟筆底收。

讀杜詩

新詩改罷自長吟，杜老當年苦用心。須信性靈陶冶後，度人應合比金鍼。

五月十六日家慈誕辰時年六十有五。

未許斑衣舞膝前，慈幃遙祝十三年。履吉自癸酉至今十三年，家慈壽日未及膝前叩祝。五旬猶憶家居累，庚午歲五旬，時履吉奉祖母命與兄弟分居，弱弟幼妹家慈親自課督。六秩剛逢宦跡遷。庚辰歲六秩時，履吉由正寧調署靈臺，隨即奉檄赴省。適偕眷屬寓全城，未獲製屏稱慶。萱草此時重茂日，棣華何處各方天？時三弟護眷屬南旋，正在道上。定知白髮門間倚，萬里同看月正圓。

慰侯健菴勝武悼亡健菴與尊閫伉儷甚篤，近以悼亡而增悲感，適余內子亦賦南旋，死別生離，情有同感，觸緒縈懷，聊復成詠。雖異日歸圖偕老，視健菴此時手攜稚子，月冷空房有間。然一生多病，又安知別後之如何也，意欲以自解者而藉以解健菴勿過神傷耳。

生離死別總同情，刲賦齊眉共遠征。萬里不辭隨宦到，一官猶愛挈家行。憐香我尚留新咏，埋玉君應念舊盟。此際相思了無異，只爭泉路與雲程。

六月初一日接省信，知眷屬三月內已抵樊城，覓舟至安陸府

萬里行程近半年，安車甫卸又登船。遙知一路風帆順，快覩三秋月色圓。計安陸府五月啓程，至家當在秋間。顧我征衫猶驛伏，懷人歸袂恰鶯遷。家居近移壁圖山莊。女兒生日今朝是，無復依依繞膝前。長女壽楣以六月一日生，近二十一歲，擬今冬出閣。

次袁蠢莊題布隆吉壁間原韻志感

飛鳥曾聞葉令仙，奈余奔走嘆經年。情當急處誰知己，事到難時自聽天。儘賴消愁屬詩卷，那堪羞澀爲囊錢？此行安敢忘初念？悔却窮途一仔肩。

又次壁間原韻懷七夕節

來時猶喜賦偕行，此日偏教一鶴輕。料得今宵過佳節，雙星遥望數歸程。

題蘇州委員曹頡雲贊府筵頭，即送南旋二首

萍水相逢勝弟兄，花前剪燭話平生。高懷如對三秋月，薄宦殊慙萬里程。竊喜年華皆紀亥，更看兒輩亦同庚。頡雲與余同己亥生而子女三人亦復同庚。酒泉何幸金蘭訂，記取他時契洽情。

其　二

天南回首望家鄉，同是征人客路長。此日談心到邊塞，他時分手感殊方。暮雲春樹連江渭，越水閩山共梓桑。愧我玉門關外吏，不堪重唱送歸章。

題劉條甫金聲司馬舊寫倚松聽流圖小照二首

出山泉似在山泉，一片清流到耳邊。此日相逢猶恨晚，教人追憶十年前。

其　二

平生結伴愛青松，省識當年不改容。我亦披圖一回首，羨公清雅舊行蹤。

題條甫司馬近寫公餘課子圖小照二首

曩時詩禮記趨庭，此日公餘看執經。要識傳家無別物，一編曾念老人聽。

其　二

桐陰樹下長孫枝，矧值椿萱介甲時。是歲乙酉，條甫尊人適值周甲雙慶，諸同寅製屏稱祝，更爲色喜。記取平安憑竹報，課兒猶喜手親披。

次張虛舟從孚明府自題悼亡詩後原韻十二首

好花無奈惜空枝,兒女情關未是癡。我讀君詩同浩歎,只爭死別與生離。

其二
誰憶凌波繡洛神,知君傷感更情真。音容何處堪追想?長作相思夢裏人。

其三
春風那復問芳梅?此日埋香到夜臺。記取當年明月下,一枝消息幾回開。

其四
獨對孤燈夜不眠,深情豈復倩人憐?齊眉鴻案從頭憶,無限淒其意緒綿。

其五
郝鍾閨範信無差,蔆謝何堪比落花?苦向窗前思底事,難忘纖手自煎茶。

其六
劇羨裙釵是布荊,卅年相對兩心傾。何當此際先分手,未許尊鑪共作羹。

其七
三星久許映衾裯,不作文君感白頭。伉儷百年奈增重,獨懷窈窕咏河洲。

其八
萬里相隨路正漫,秋風幾度對燈殘。那知今日傷心處?一別芳容屬蓋棺。

其九
誓將地老與天荒,不肯相離似雁行。爭奈嫦娥奔月早,憐君誰復念淒涼?

其十
忍擁寒衾到五更,幾番惆悵曉風清。從今無復雞鳴勖,親愛誰當更喚卿?

其十一
新詩好向夢魂通,我亦離吟寄遠鴻。最是鍾情在吾輩,不堪回首話閨中。

其十二
生死殊途總繫天,別離況是隔雲烟。吟君五桂廳前句,益信同心本夙緣。

重九日司馬劉條甫招同刺史王藻亭_{世焯}、李春生_{清傑}、福靄堂_{珠靈阿}登五泉山小飲，紀勝二首，即用登高二字為韻

　　勝筵高會舊時曾，_{前歲壬午，司馬邀遊五泉山瑤源閣小飲。此日招遊喜再登。}樓閣四圍秋色繞，河山千里暮烟凝。談心劇愛清幽處，放眼須來最上層。有美堂前誰是客？肯教蘇子雜良朋。

其　二

　　茰囊菊琖結同袍，自是劉郎逸興高。醇釀今朝醉桑落，名山此地接蘭皋。_{五泉山東接連皋蘭山。}雲間峰影開晴雪，林際泉聲聽晚濤。佳節異鄉能不負，聊隨花飲試揮毫。

送那制軍繹堂太老夫子次平鈞驛口占

　　感恩何必受恩深，為有絃歌荷賞音。盛德宜人春滿袖，溫詞慰我淚沾襟。麤官但解安天命，碩輔從看契帝心。指日趨朝虞喜起，蒼生還望濟時霖。

秋日道上懷淑芳仍疊送歸里原韻二首

　　憶昨春風送遠歸，相看楊柳正依依。黃花此日憐卿瘦，紅豆何時慰我饑？快覩三山秋色迥，休將萬里德音違。同心爭比雙飛雁，露濕蘆汀獨宿稀。

其　二

　　深閨何日報卿歸？睡裏猶教入夢依。偕老百年終慰願，相思兩地轉愁饑。枕函檢草新吟續，驛路尋花舊事違。我向山房懷種桂，鍾情應識似儂稀。

<blockquote>近閱聶蓉峰_{銑敏}太史詩話，訾隨園詩話淫詞太多，不可為訓。然集中載入壽山與神仙倡和諸作，亦屬誕妄不經，非可傳世。余未敢是非其間，詩以紀之</blockquote>

　　關雎首列國風篇，鄭衛猶偕雅頌傳。得句何妨話兒女？論詩不必借神仙。性靈陶寫宜歸正，興趣酣吟最忌偏。誰是此中推巨眼？藝林無復蠹殘編。

宿平鈞驛旅館，同王藻亭刺史、保厚齋筆政夜話，厚齋談論史事，質疑於藻亭，大有博洽之雅，即用送繹堂制府原韻口占奉贈

旅舘聯床入夜深，談論仍許契知音。睡餘猶覺寒衾枕，坐久渾忘冷帶襟。三日別來當刮目，十年勝讀恰同心。艱難自古多佳士，版築終看用作霖。_{藻亭論及《孟子》"天降大任"章，故云。}

十一月六日，山丹道中懷淑芳。時長女壽楣擬以是日出閣

一陽六日是婚期，轉眼還看嫁女時。廿八年來渾似夢，_{淑芳以戊午十一月六日歸余，越今二十八載。}九千里外倍相思。敢誇冰玉同輝映，竚望泥金捷報知。_{壻陳點今科應省試，未知中否。}顧我憐香懷往事，深閨猶喜畫雙眉。

出　嘉　峪　關

纔入關來又出關，長年轍迹嘆如環。宦途自覺奔馳苦，世路誰能進退閒？積雪四圍侵帶冷，望雲萬里舞衣斑。春風塞上欣重度，好向高堂博笑顏。

臘月初三日詠懷。淑芳去年是日回南，用前山丹道上原韻

去年今日是歸期，猶記含情破曉時。得意春風宜再度，同心夜雨總相思。歲除遠別嗟何忍，_{淑芳臨別時謂余曰："雨何忍心，天寒歲暮，使我回去。"}關外重來悵未知。料想初完婚嫁願，_{客歲因兒女尅期婚嫁，始遣淑芳歸去，計刻下已畢所願。}又應鴻案望齊眉。

題敦燉(煌)內署爲去來堂，詩以誌之，仍用前韻

一官今是五年期，_{用朱夫子句，見福建永春州志。}再至無忘昔去時。但覺乘除增我累，敢誇恩惠繫人思。情分冷暖當前見，事到平陂過後知。好向深閨看世路，俶矡誰不妒蛾眉？

清明日用舊作原韻詠懷

清明無客不思家，離別經年望眼賒。金谷園開三月景，余於署後新闢花園一區，移植花木數本。玉門關隔五雲車。路旁人折新垂柳，梁上余懷舊獻瓜。北齊蘇瓊爲清河太守，郡人得新瓜來獻，苦請乃致之廳事梁上。萬里春暉欣晝永，好看蘭砌又抽芽。

余闢敦煌署後花圃一畦，得種花人是惜花人句，對未工，因作起語，漫成一律，並誌所感

種花人是惜花人，歷碌西陲十載春。沙漠寒深培植早，山房幽處品題真。余別有《憐香雜詠》，語多綺麗，故未登集中。重來澤已更番渥，久別香猶入夢親。此日河陽開滿縣，金閨可憶玉關頻。余前歲送淑芳歸里詩有"金閨人到玉關稀"之句，極爲知音者稱賞。

送遜邨葉三回里，用坡公送表弟程六原韻

君家祖父聯頻璧，世累千金匪儋石。我以五斗犇風塵，十載鳧懃葉令舄。憶昔與君年少時，曾向重幃索棗栗。君爲似續我外孫，掌上雙珠皆珍惜。謝庭玉樹盼森森，奈我散材若樗櫟。同來萬里歷邊疆，一官百事勝蝟集。賴君朝夕共輿裏，不作封侯歎投筆。高堂倚閭長我望，負米未能但捧檄。君今璧水紹家聲，又賦曰歸行有日。重來芳訊春爲期，莫教懷想廢眠食。

勸駕詞八首　有序

王次回《疑雨集》有勸駕詞十二首，皆以"等卿來"作結語，意奇艷，非親歷者不能道出隻字。內子淑芳與余伉儷情篤，近三十年矣。隨余宦遊十載，前歲南旋，光陰晌息，又近三年，余復調任沙州，回憶前歲同來署內，景況歷歷如繪，不勝馳戀。因倣次回之作，得詩八首，他日之來不來未可知，書以寄歸，聊以將吾意耳。

十年花事喜相陪，爭比河陽到處開。此日春風玉關外，小園新築等卿來。

其　　二

幾時冰署理妝臺，猶記堂前笑語偎。別後那知人再至？天香深處等卿來。

其　　三

朦朧睡睫夢初回，無限嬌聲細語催。每爲惜花貪起早，繡幃春曉等卿來。

其　　四

雲鬟梳罷攏金釵，逐日簪花少忌猜。不向傾城誇國色，畫眉相對等卿來。

其　　五

秋蓮小瓣退紅鞋，幾度踏青印綠苔。珍重一雙持贈後，花前佇立等卿來。

其　　六

誰憐玉骨瘦如柴？一襲寒衣別後裁。長短只依前日樣，稱身裝束等卿來。

其　　七

桃根未許比芳梅，製錦終需內助才。莫道衝寒顏色老，隴頭春信等卿來。

其　　八

別離三載總縈懷，女嫁男婚事正該。竊喜高堂春晝永，合歡度曲等卿來。

蘇園新詠二首

小築園亭合字蘇，敢云吾亦見真吾。春風到處培桃李，得比河陽滿縣無？

其　　二

十年生計莫嫌賒，前度劉郎又代瓜。不負初心憑造物，肯教重理舊時花。

送李嵐山遐齡都閫屯防葉爾羌

天涯何幸契相知，同是征人萬里馳。玉塞好教親閱歷，金閨爭奈暫分離。他時握手傾尊易，此日談心得句遲。珍重臨歧無別語，勉加餐飯慰懷思。

寄贈垂安叔貢入成均

明經自昔重家傳，剞喜成名更少年。處世莫教饒我後，居身當使出人前。

才無驕吝方爲美,德有親鄰始見賢。此日圜橋初騁步,蛩聲萬里看承先。

寄呈梅園三從叔祖履吉宦廿十載,客秋制軍繹堂夫子入都,睠念履吉以不獲升一職爲憾,履吉作送行詩,有感恩何必受恩深句。因思内顧無憂,皆家三叔祖多方照拂,不啻受恩之深。適遣人回南,仍用前韻勉成一律,書箋呈政,以誌所懷。

感恩何幸受恩深,十載馳驅寄好音。不獨春風到關塞,還同霽月仰懷襟。解推終是仁人事,望報原非長者心。造物因材培植厚,無私時雨即甘霖。

餞別遜邨葉表弟旋南於沙州署後蘇園

相看明日是行期,今夜歡筵賦別離。不道遣懷還讓酒,那堪排悶強裁詩? 故交如我情殊薄,遠適何人意轉癡? 遙憶到家秋色好,菊花應見滿東籬。

遣毛升回南迎接家眷,仍用前韻

又報平安遣遠回,春風轉眼送人來。十年慚作邊陲吏,三載憐違内助才。去日樽傾蒲酒熟,到時家喜菊花開。高堂如遂深閨意,行信先傳嶺上梅。計到家迎接家眷,來時當在十月。

送謝莘璋同鄉歸南

人生非麋鹿,安得長聚首? 我憶古人言,此事由自取。矧君正年少,胡爲喜奔走? 利鎖與名韁,匪無忘素守。堂上望倚閭,室内懷分手。顧我涉風塵,十載離鄉久。萬里送人歸,攀折嘆衰柳。請看世上人,富貴天所有。曷若樂天倫? 家居敦孝友。君今賦歸去,長途戒縱酒。臨行索贈詩,爲君喜開口。雞豚幸逮存,悔覓封侯否?

次武都黃刺史嘯邨文炳稟報麥穗雙歧,自題州署紀瑞原韻

宦途爭奈共羈縻,邊塞風塵十載遲。愧我未培花一縣,欣君已報麥雙歧。豐年人望饑堪免,惠政民懷樂不支。可是漁陽張太守,武都應泐去時思。嘯村權

符武都三載,近將卸篆。

立秋日同侯健菴頡沛亭登黄墩城晚眺

乘涼晚眺上城東,萬里煙雲一望中。匝地平鋪秋水白,連天迴映夕陽紅。舉頭雉堞迷荒草,極目鴻毛遇順風。最是玉關饒景色,愒來清興與君同?

七月八日祖母壽辰,越十三日爲吉生日,詩以誌之

年年七夕綵衣翻,待曉重幃祝壽萱。知憶生孫在何日?三朝記取是中元。

祖母壽年八十有七,履吉春秋亦四十有八,再歌以記之

九旬稱祝再三年,婺宿長輝燦綺筵。我屆服官還二載,何時歸拜畫堂前?

敦煌署内藏拙居雜詠八首

我愛居藏拙,門通曲徑幽。公餘時退步,多半此勾留。

其　二

我愛居藏拙,牆高不礙風。有時來滿座,恰是一春中。

其　三

我愛居藏拙,窗明未許窺。好教三五夜,月影透書帷。

其　四

我愛居藏拙,庭空任去來。何須常檢束?履跡自裵裹。

其　五

我愛居藏拙,詩成好自吟。推敲還不定,何敢問知音?

其　六

我愛居藏拙,書先鑿壁安。閒來無一事,取向枕邊看。

其　七

我愛居藏拙,花香入座清。若教能解語,不必對傾城。

其　　八

我愛居藏拙,燈光映座隅。獨行如對影,自問愧曾無。

季秋五日,喜四弟和齋至,用舊作原韻

又趁春風萬里程,五年握別憶從兄。和齋從余宦游,壬午送祖母南旋,越今五載。心先愧我忠兼孝,事肯饒人利與名。同住奈添妻子累,重來更見弟昆情。高堂近喜平安報,雁序三秋正叶鳴。

四弟至署,得淑芳來書,知客秋抵家,旋即抱病,延至今春,步履尚未自然,志感

多病如卿劇可憐,到家爭奈復顛連。懷思萬里情彌重,淑芳來書云:"萬里之遙,內難前來,伏乞保重,善理政事,勿以內爲念。"步履三春力未堅。弱質那堪霜雪後?芳容應護雨風前。休將紅豆遙相寄,除是當歸藥始痊。

用前韻懷淑芳曾否重來之作

曩時白首誓相憐,昔年出門,示淑芳有"白首誓相憐"句。此日何堪一病連?詎服葰苓能體健,須知鐵石比心堅。歡諧鴛夢來關外,愁鎖蛾眉憶鏡前。遙計征人芳訊到,黃花坐對喜新痊。

新築藏拙山房落成題壁,用舊作退思山房原韻

敢道鶯遷出谷時,好藏鳩拙有誰嗤?巢居舊壘知何似,園徑新開慰所思。前歲甲申署任,即擬署後闢園一區起西書房,未果。爲愛閒情堪寄託,得符初念是量移。今春奉調敦煌,始得漸次修理。他年再覓棲身處,擬向高梧借一枝。

題淑芳書後

家書不厭幾回看,珍重征鴻遠寄難。最是相思無限事,憐卿毫素強言歡。

自題採菊小照，用舊題種桂山房畫圖原韻

一樣尋梅採菊人，余早歲有尋梅小照。容顏可比少時春。護花重蔭長年健，桐葉濃陰奕世新。箕踞自忘真面目，浪游誰説老精神？山房種桂遥相望，內子淑芳舊有種桂小照。好作秋林晚照親。

寄贈王青厓四首　青厓由拔萃朝考優等，外用籤發中州，喜而有懷，即用青厓客冬送余重莅沙州原韻。

一宦輸君十載遲，敢云差長是吾師？余以癸酉拔萃令用來甘，年三十六，青厓年甫二十八，早余十載。仕途須慎初登日，我輩休忘未遇時。此際烹鮮看試刃，當年薦福問遺碑。從來見獵心先喜，猶撿瀕行舊贈詩。

其　二

金城分手拂征鞍，又是重來舊宰官。客冬青厓會考後來蘭，適余重莅沙州，送至金城關而別。凡事當思知己少，此心惟恐對人難。交情千古推鮑管，鮑平聲。按：《集韻》讀爲包，楚有申鮑胥，通作包。政績三邊仰范韓。顧我自慙關外吏，懷君爭奈首回看。

其　三

八載追隨愧育才，鳴沙猶憶兩番來。青厓從余來沙，前歲赴科試後再至沙州。一簾霽月襟懷爽，千頃汪波器宇恢。田卜陸莊今可穫，花看潘縣昔親栽。春風再度陽關外，又喜君書得意回。青厓外用後來書，擬請假回籍重來沙州，旋以籤發豫省，順道前往，不獲再晤，殊深馳望。

其　四

從今萬里隔雲程，兩地相思屬友情。邊塞撫綏慚故轍，中州報最望循聲。民逢卓茂真如子，家本安豐總愛卿。青厓年將及壯，艱於子嗣，尊閫請先納寵，余嘉其賢，而勉青厓未可，近作書報青厓，明春當爲措資送去。判是承歡春晝永，絃歌好看一琴橫。

武都刺史黃嘯村，夏間以麥秀雙歧詩寄余屬和，近又寄示穀垂十穎詩，復和其韻

雙歧十穎事翻新，專美何須讓古人？比户可封徵富歲，飛章入告冠全秦。

近見制軍奏報,階州收成十分,爲全省之冠。嘉禾九穗同垂陌,善政三年自足民。我喜雪花含六出,余沙州今冬連得大雪,可預兆豐年。邊城大有冀書頻。

憶　菊閱《紅樓夢》,適與四弟談家況,偶有所感,即用《憶菊》原韻。

幾度西風話所思,東籬猶記乍開時。芳姿老圃憑幽賞,晚節清香契素知。十載曾懷培植早,三秋莫怨盼歸遲。淵明尚自留彭澤,寄語黃花會有期。

題獻牡丹壽字畫圖,爲家祖母壽慶

富貴從來得壽難,好教花裏許并看。天香夜染萊衣燦,國色朝酣栢酒歡。福衍箕疇懷畫荻,榮分謝砌喜培蘭。春暉晝錦遥相映,算朵頻添慰倚欄。

題友人送海屋添籌圖,爲家慈暨内子五月誕辰

令妻壽母紀詩篇,燕喜頻歌燦綺筵。海屋籌添蒲酒綠,霓裳曲奏綵衣鮮。風清邊塞春方永,日麗重幃算正綿。省識長官孫子願,躋堂介祝望年年。

同四弟夜話,偶誦亡男壽椒夜行句云,黑夜歸來路已迷,余謂詩者言志,是兒此語即可驗其不永矣。詩以吊之

何處歸來晚? 偏嗟失路迷。此言良不偶,所志奈堪詆? 秉燭饒清興,吟詩擬好題。中宵聞爾語,使我轉愁悽。

懷　淑　芳

懷卿歸去日,又是兩年期。多病憐衰態,深情寄遠詩。承歡娛晝永,握別感時移。可許重來否? 春風萬里馳。

次王青厓寄贈原韻四首

十年游宦歷邊陲,回首雲山嘆遠離。敢道鴻毛欣際遇,好看驥足快奔馳。

袴應歌五來何暮？烏可飛雙去亦思。寄語親民勤撫字,循聲竚望答清時。

其　二

送君北上我西行,握別猶教入夢驚。八載追隨師弟誼,三秋結想友朋情。題詩喜見紅箋寄,對鏡羞看白髮生。惆悵關山千里隔,何時仍共話分明？

其　三

無端別緒任紛紛,宦海奔波屬望殷。自愧升沉憑險易,共期清慎與精勤。閨中我尚懷春月,塞外君應感暮雲。<small>青厓贈所歡有"我住隴頭,卿居塞外"之語。</small>最是鍾情兒女事,不堪聚首又相分。

其　四

邊疆百載紀昇平,小醜跳梁又遠征。人喜從軍膺甲冑,我慚作宰襲簪縷。馳驅世路懷長阪,歷碌年華過半生。王事賢勞還自愛,敢辭萬里玉關行。

奉和王幼海厚慶太守赴台州任出都留別四首原韻,時奉調來肅辦理軍務

小醜跳梁易蕩平,運籌帷幄仰風清。高堂自喜三春報,邊塞旋教萬里行。領郡南邦濱大海,立功西土到長城。重慈我亦增遙望,關外馳驅敢計程。

其　二

庭前落葉正辭柯,忽促西征喚奈何？報國勳名馳絕域,餞公朋輩盡巍科。去思猶憶滇民頌,來暮還聞越叟歌。令德宜人天寵渥,春風到處感恩多。

其　三

盥讀吟箋不厭頻,高華典雅更清新。句蒙題冊欽前輩,詩遇知音若故人。王事賢勞看著績,天倫孝友見持身。公餘猶自時酬詠,政治文章足化民。

其　四

居衷正直信如繩,剗復永淵凜戰兢。宦久渾忘身是客,定深安見性非僧。從戎人去知何苦,搩策公來嘆未曾。<small>公以軍旅之事未學,深自謙遜。</small>雅度謙冲真可挹,泰山土壤詎能增？

題沙棗園誌感

昔年曾在此停車，一別芳容兩載餘。關外浮雲隨去住，不知春色近何如？

和王幼海太守題友竹山房詩册二首原韻

山房何處是？偏愛此君多。得句題應徧，虛心好豈阿？渭川千畝在，沙磧兩番過。余來敦煌已兩次矣。翹首邊城外，天威看止戈。

其　二

此日蘇園裏，閒情又種花。余於敦邑署後闢園一區，移植花木，皆望復生，名曰蘇園，題楹帖云："我愛種花兼種菜，誰嗤居官似居家？"蜂衙看午集，鼉鼓聽晨撾。作吏來關外，吟詩到水涯。邑五里許有月牙泉之勝，余偕同人題詠甚夥。平安憑屢報，筠管喜紛挐。

和齋四弟來敦半載，近將歸里，順道入都，遵例報捐贊府，喜而有懷，併以贈別，用坡公初別子由詩原韻

我來萬里遠，玉塞懷風清。所愛惟吾弟，賦質自聰明。髫齡同失怙，冀無忝所生。塤篪相倡和，式好叶歌賡。人生各有志，振翮看鵬程。顧我歷游宦，翻改如棋枰。不材等樗散，惟恐私意萌。何幸榮棣萼，暢茂比田荆。世人乖手足，萁豆還相烹。妻子逾骨肉，愚魯望公卿。豈知弟兄誼？詩美脊令鳴。西陲勞征役，日聽車馬聲。弟來剛半載，朝夕共參評。功名及時奮，計日趨都城。有子視阿叔，頭角遂崢嶸。策名效並駕，轉為薄植驚。四弟擬為長男報捐府領。前程方遠大，細小非所爭。譬如履坦坦，問道莫向盲。重幃日倚望，所喜在成名。會看良相志，家學勉求精。先大人精岐黃，著有《良齋集要》醫書數種，四弟能紹先業，并囑歸去再加學習。

哭亡女壽榆

嗟爾甫三齡，聰明信無比。能語呼爹爹，時索甘與旨。萬里遠遊人，繞膝差足喜。胡為病偶侵？十日遂不起。憶昔白樂天，曾哭金鑾子。彼自嗟無兒，翻

言有女累。我今近艾年，爾始能步履。遥計出閣時，我年已衰癃。所賴有弟兄，爾爲妹與姊。同是父所遺，誰不一體視。那堪弟始生，爾已隨逝水？彭殤如可齊，自古誰無死？爾何太匆匆，使我哭難已？

清明後五日和齋四弟臨行，口占送别

離家今已十三年，每送人歸倍黯然。萬里那堪分雁序？一官剛喜報鶯遷。春暉遠布重幃永，夏屋初成奕世綿。家構壁圖山莊，近已落成。轉盼秋高風信早，荆花好並桂花鮮。

奉檄署安西州事誌感

王事賢勞祗自嗤，用紫陽朱子舊題永春州大劇鋪句。重來仍是一年期。甲申來署敦邑，甫及一載，旋即卸篆，客歲奉旨調補是缺，近又一載。撫懷猶愧稱强幹，現荷大憲署考精明强幹，殊增愧報。爲政何從泑去思？荒徼軍行需整飭，邊疆宦況費支持。但求循職能無過，好作微臣報答時。

慰諭敦煌士民廻前韻

莫看來時看去時，當官常恐失矜持。題署内二堂額曰去來堂，并楹帖云："前事原爲後事師，請看去時局面；舊官即是新官樣，敢誇來日威儀。"一年未慰斯民願，兩度還慚故我思。最慮澆田遲麥種，此地三月始得種麥，向例立夏一日分水，不許展限，近復出示諭禁。會修講舍近瓜期。邑有廢墮均已修舉，惟鳴沙書院未告竣，忽届卸篆。此行漫道今司牧，王事賢夢祗自嗤。

臨行補題藏拙山房詩四首

我愛居藏拙，爲官是苦人。風塵勞擾甚，聊以養精神。

其　　二

我愛居藏拙，棲身甫一年。萍踪原不定，敢道是鶯遷。

其　三

我愛居藏拙，園亭合種花。移來桃李樹，纔喜長新芽。

其　四

我愛居藏拙，山房取次修。此番題補後，何日再來游？

友竹山房詩草卷七 古今體八十五首

送沈澹園在光明府由安西卸篆入關，即用安西二字爲韻

風塵勞擾敢辭難，凡事當隨到處安。一月已看君報政，兩番猶愧我居官。澹園署安西甫匝月，力請卸事，大憲以余兩任敦煌，熟悉關外情形，調署是缺。捷書飛布來先喜，卧轍遮留去亦歡。竊幸談心春晝永，玉門關外暫盤桓。

其二

萬里春風拂馬蹄，凱歌指日奏征西。從戎幾度宣勞績，司牧今朝惠遠黎。驥展不須誇策奮，鳩藏可許借枝棲。余題敦煌藏拙居有"他年再覓棲身處，擬向高梧借一枝"之句。萍踪來往原無定，楊柳依依綠滿隄。

秋日重到沙州誌感二首

數月相違一再過，爲詢父老近如何？歡看秋稼同雲密，爭說春耕得雨多。去日情深懷祖道，積年政拙嘆催科。我來無限低徊處，遙聽邨氓擊壤歌。

其二

萍跡無從定去留，偶來斯地紀重游。慙教婦女知君實，敢道兒童迓細侯。半畝舊花滋後圃，沙州署內蘇園舊栽花卉，近更茂盛。一番新雨滿平疇。至日適逢秋雨。幾時纔見春風度，轉眼天香又報秋。

仲秋過訪周星麓慶雲明府沙州官署，并祝封翁壽慶

知交已在十年前，此日登堂醉綺筵。同是承歡娛永晝，迭爲稱祝望遥天。鳳毛初見超宗美，鶴髮還看益算綿。惟願斑衣長拜舞，偕君戀績著三邊。

重游月牙泉同星麓明府紀勝二首

勝地靈泉古渥洼，一灣爭比月爲牙。月牙泉有龍王廟，禱雨甚靈，前陳桂林撫軍題

"勝地靈泉"。房星映水波周匝,桂魄當空影半遮。亭外雲生看繞榻,山前風定聽鳴沙。游踪不厭頻時到,每計歸來日已斜。

其　　二

葺修亭榭慰初心,矧有游人契賞音。鴻爪雪泥何處認,馬蹄秋水幾回尋?友朋知我情難舍,賓客逢君興不禁。此別終非千里隔,他時可許再登臨。

住沙州署內藏拙山房臨別感懷

藏拙居成甫一年,重來我愛主人賢。花培後圃開彌盛,月近中秋影漸圓。杯酒盤桓增燕喜,風塵勞擾愧鶯遷。四宜深處留題徧,猶幸塗鴉尚宛然。藏拙山房內,復額曰四宜深處,謂於春則宜以種花,於夏則宜以避暑,於秋則宜以對月,於冬則宜以禦寒,有隨處咸宜之象。題詠甚夥,周星麓猶愛護之。

別後書近作呈星麓明府,再奉一律

一官何幸得同方?敢以巴吟索和章。旅壁舊題邀雅愛,余前歲癸未由崇信調署貴德,曾於平涼道上題詠旅壁。去春星麓過平凉,和壁間原韻寄余。園亭新詠恕清狂。交深北海傾尊酒,詩遇南豐奉瓣香。星麓家住南豐,詩甚雋逸。別後更添欣賞念,鳴沙今又樹甘棠。

贈塗生遇淑塗生,余舊交也,游庠有年矣,
近研食宦場,索錄前詩,書以答之,並贈一絕。

科名我自愧明經,但解吟詩出性靈。寄語知交勵磨鐵,鵬搏終見奮南溟。

重修鳴沙書院余客歲倡修鳴沙書院,並月牙泉義學等處,漸次告竣,
惟書院尚未落成。適屆卸篆,因囑陰生玉貴董之,延今半載,陰生又緣事
外出,未獲竣事,復捐資囑少府吳劍傳督修,以成是舉。

講舍重修未落成,春風倐爾報遷鶯。樹人竊喜襄斯舉,余前歲修書院,西軒額曰樹人書屋。督匠休教負此行。薄宦十年憨故我,寒燈五夜望諸生。鳴沙他日搏鵬翮,好看扶搖萬里程。

寄贈曾元魯元魯來主鳴沙講席已三年矣，因余離任沙州，意欲舍而他適，偶錄近作寄政，并慰以詩，囑星麓明府仍留之。

寄去新詩當尺書，故人如我悵離居。須知千里同心處，交到忘形始不疎。

擬天馬行送容瀾止照閣部繹堂制軍三子，時自喀什噶爾凱旋，過安囑題，即呈并誌恩遇。

天馬西來自漢武，立功萬里平西土。一顧千山戰馬多，雄姿猛氣誰與伍？安西都護驄馬行，五花雲映節旄明。我讀延年賦赭白，按圖索驥空相驚。十載風塵愧俗吏，書生騎馬若兒戲。負弩前趨話感恩，回頭諄諭徐按轡。余前署貴德時，送繹常制軍渡河，後策馬前趨，先至館舍，制軍謂，書生還能騎馬，慰諭再三。鳴沙關外兩番來，渥洼無復見龍媒。敦煌月牙泉即古渥洼，出天馬，余兩至敦煌，悉叨恩遇。漫言老驥猶伏櫪，春風秋月相裹裹。自古千金買駿骨，翻羽奔霄何飄忽？邊塞馳驅日據鞍，誰得空羣猶崒嵂？惟公累代樹勳勞，功成馬上壓羣豪。歸來道左瞻雄駿，肅爽居然白雪毛。跳梁小醜張格爾，特地爲公送綠耳。埋頭鼠竄技已窮，此馬不復任驅駛。我道逆回畜不如，嘶風先解歸車書。鋌而走險奚足慮？勢教窘蹙自殲除。會看此馬歸冀北，揚駿驤首殊自得。一呼立至性何馴，私喜近逢伯樂識。從茲矯矯真猶龍，駿異競誇青海驄。駑駘欸段匪敢並，飛兔騕褭詎能同？公歸朝廷報天子，絲韁竚看榮錫紫。長安城中掣電過，寫真毋乃麒麟似。他時聲價更騰驤，銀鞍行覆羅帕香。世有白額未足貴，青雲直上生紅光。

孟冬二日得和齋四弟自揚州寄書至，計刻下已抵家居

行程萬里寄書難，尺素投來倍喜歡。解纜剛逢秋桂馥，到家應趁早梅看。四弟八月由揚州登船，計期九月杪可以至家。陽關誰唱歌三疊？慈室相隨慶一團。顧我浮雲增遠望，頻依鱗羽報平安。

寄慰青厓悼亡

十載糟糠共苦辛，憐君辜負度青春。纔欣夫壻相隨貴，猶侍翁姑自耐貧。別鶴應思前日句，余前歲和微之《別鶴操》，並勉青厓莫先置妾，見集中。續鸞可似舊時人。青厓未有子嗣，宜即續絃，但舊時荆布可能相似否。遙知報答平生事，淚眼長宵暗濕巾。

丁亥除夕，揚威將軍懋亭長中堂平定回疆，生擒首逆張格爾。戊子正月十二日，紅旗報捷，過安西，志喜八首

馬上紅旗報捷來，新年纔入喜顏開。元宵見説崑崙破，除夕今聞靖逆回。

其　二
元凶遠竄喜生擒，回部從教服遠忱。不嗜殺人能破賊，將軍自是體天心。

其　三
開闢新疆近百年，昔時功業頌安邊。不期逆裔留餘孽，猶作寒灰死復燃。

其　四
長途士卒奮西征，克敵歡看復四城。一萬八千兵未撤，已教先唱凱歌聲。

其　五
無數軍聲聽一呼，跳梁小醜尚稽誅。須知頡利宜生獲，歸向天朝重獻俘。

其　六
屯兵三萬守回疆，舊返新來重換防。當日廟謨原盡善，無端逆族自猖狂。

其　七
忽聽班師入網羅，可知自取敗亡多。成功莫道由天幸，操得先機在止戈。

其　八
歡聲唱入玉門關，將士相看解甲還。從此畫圖麟閣上，崇勳又許冠朝班。

戊子正月十二日，那繹堂制軍奉命赴喀什噶爾查辦善後事宜，途次安西布隆吉，欣接紅旗報捷，駐節一日，奏請入關候旨。吉叨恩遇，得以重仰山斗，喜而賦此

春風又度玉關來，喜見紅旗報捷回。萬里不須勞跋涉，三年猶憶荷栽培。得瞻丰采心逾快，竊愧功名志未灰。尚是權符蒙慰問，感恩無限自低徊。

二月二日，那繹堂制軍奉命仍赴喀什噶爾查辦，再用前韻，賦以呈送

綸音又下九天來，還令邊疆走一回。郇黍正宜新澤布，召棠應認舊恩培。公昔年曾任喀什噶爾辦事大臣。好教部落饒生計，欲靖餘氛絕死灰。指日勳勞欣報命，清風明月任徘徊。

玉關行有序

丁亥十月，容瀾止閣部自喀什噶爾凱旋至京，謂夫人曰："此行不敢言功，然未嘗無勞，何以酬之？"夫人曰："有請，俟明日當爲酬勞。"次晨令垂髫女子出拜，年甫十七，公驚喜不知所爲。蓋公出差後，夫人陰購此女，以備小星。公將納之，甫三日旋奉命西行，謂女子曰："我去三五年不定，汝能待乎？"女子低首答聲，願抱衾裯，以俟公返。公至酒泉，命吉爲歌其事，并限用白香山《琵琶行》韻，催促至再，因歌以呈之，名曰《玉關行》。

西征昨夜歸來客，甫卸雕鞍理琴瑟。酒洗征塵注玉船，房中一曲揮朱絃。朱絃猶憶經年別，萬里相思關山月。此時新自玉關回，嶺上寒梅花正發。低聲未敢問是誰？欲語不語猶遲遲。珠簾輕揭暗窺見，堂前樺燭開筵宴。自憐生長在深閨，未許桃花映人面。回頭側聽琴瑟聲，誰家兒女獨鍾情？低徊無限傷春思，人生安得如吾志？不隨楊柳舞迴風，桃葉桃根皆有事。寒燈夜半起親挑，相對燈花紫鳳么。無端凝思淚如雨，幾回私向心中語。泪珠滴滴不敢彈，垂髫何日雲爲盤？十斛明珠曾論價，羞怯猶如下危灘。漏鼓頻催聲不絕，寶鴨爐熏香

未歇。輾轉難眠百感生，忽聞雞唱兩三聲。起向妝臺學修飾，依稀漏盡晨鐘鳴。蛾眉淡掃恥刻畫，纖腰瘦削如束帛。脂粉初勻上臉紅，不羨芙蓉江上白。含情盡在不言中，休云膏沐誰爲容？古來傾國傾城女，一嫁浮雲隨去住。妾年十七初長成，不學琵琶空按部。願依琴瑟侍閨幃，入門又懼夫人妒。夫人待妾勝待兒，深幸承恩叨異數。製得綺羅教妾服，襯妝翻嫌顏色污。歡將一妾當酬勞，分咐春風莫虛度。主人重德不重色，還道新人不如故。不看塞上從軍人，閨中豈少征人婦？未聞不自寵專房，翻遣征人妾房去。妾如江邊春水船，春來猶自怯春寒。矧值清宵載明月，揚帆不許繫江干。就中欲問春消息，窗外同儕聲唧唧。主人一見轉生憐，新歡難比舊相識。問妾幾時來燕京，妾本家住在京城。行近燈前捻衣帶，低頭不敢露嬌聲。主人愛妾還誑妾，待我可無別恨生。我歸三日又將別，門外蕭蕭車馬鳴。此去三年或五載，如花肯作葵心傾。妾聞此語心如刺，哽咽吞聲不忍聽。夫人買妾侍君子，此身豈是未分明？但願爲歡終有日，何妨重唱玉關行？玉關遙望雲頭立，來正匆匆去復急。英雄非不傷別離，不向閨中兒女泣。會看馬上賦歸來，爲解征衫汗猶濕。

續玉關行有序

　　容瀾止閣部囑歌前作，時駐節酒泉，隨侍繹堂制軍候命，旋奉諭旨，仍赴喀什噶爾。刻日出關，復用白香山《琵琶行》韻作《續玉關行》，以紀其事，再呈閣部。

　　萬里馳驅關外客，滿目風沙轉蕭瑟。漫言乘車似乘船，冰輪碾破直如絃。回頭惆悵三日別，曉夜披星復戴月。矧唧君命不敢違，秣馬膏車又遄發。丈夫有志肯讓誰？邊庭猶恐立功遲。人生最喜重相見，歡筵莫認別離宴。行看馬上載勳勞，歸來又覿春風面。惟公閥閱樹家聲，忠孝宣猷本性情。無端囑我歌幽思，下懷畧識公所志。臣予難言君父恩，欲假閨中兒女事。我看道上力販挑，誰將家室視麼么？辛勤不自辭風雨，別離亦向妻孥語。不是琴張不解彈，饔飧奈少餐爲盤。世途縱比深溪惡，艱險無如十八灘。往來舟楫常不絕，乘風破浪何時歌？玉門關外足謀生，車來馬往無停聲。夜投旅宿星已出，起戒行李雞未鳴。捆載腰纏費籌畫，自把金錢輸布帛。經年累月久不歸，治生豈讓朱與白？又看巾幗在閨中，匪無脂粉施顏容。不似當年未嫁女，此身日向房帷住。筆牀研匣自隨身，少讀周南詩一部。自嫁征夫新離別，紅顏轉見畫眉妒。夢魂夜夜玉關西，郵亭來往不知數。誓隨地角與天涯，不作楊花沾泥污。幾番倚望大刀頭，十年虛負青春度。由來兒女各情長，未必英雄忘其故。英雄所志在封侯，凝妝無暇窺少婦。昨宵纔報玉關回，明朝又促玉關去。不及湖上採蓮船，朝朝同採趁清寒。採得並頭花一朵，與郎共倚玉闌干。蛾眉聞此長嘆息，無限相思轉啾唧。此中心事正難言，除是征人不能識。憶昨報命入帝京，甫卸征鞍旋出城。君父庭前重拜命，不教兒女先聞聲。兒女亦知大義在，愁懷不向眉端生。公家此事足千古，吟箋偏付小蟲鳴。顧我學詩廿餘載，一篇羞向酒泉傾。酒泉西出陽關道，再歌疊曲長者聽。前途凍雪寒已解，仰視天上月初明。古來孝子嗟行役，翊公隨侍沙場行。當代功勳看樹立，睿慮周詳尤切急。范家父子昔威名，破膽曾聞西賊泣。定知此去靖邊疆，一顧千山春草濕。

三月立夏後一日，酒泉旅次喜雨，即呈金泉書院主講劉石渠墨莊明府同年

節交初夏月仍三，破曉窗前雨正酣。人喜及時沾澤溥，天教到處沛霖甘。麥苗四野朝浮翠，柳色千絲夜染藍。猶憶春風堪坐我，金泉十日共清談。

題意蘭策蹇圖二首　玉堂年丈戍滿入關，道過淵泉，出其如君意蘭隨西策蹇圖，題詠甚夥，囑余補題。時意蘭留寓玉關已三載矣，與余小妻結為姊妹，余亦以嫂禮待之，其風規志節令人可欽。臨別題此，即用玉堂題余《友竹山房詩草》原韻。

圖開策蹇幾迴披，振觸征人寄遠思。有美真堪同畫意，無才何幸共詩脾。冰霜操已三年凜，風雨盟應兩地知。珍重玉關歸去日，鏡圓剛值月圓時。

其　二

前途休再滯歸鞭，行李蕭條只半肩。未必英雄勝兒女，得隨名士是神仙。封侯幾個知先悔，偕老從今悟夙緣。可憶當年驢背上，劍光萬里護嬌妍。

送袁玉堂年丈入關四首，即用題贈箑上畫詩原韻

久仰聲名似斗山，何當歸去賦居閒？朝廷近用輪邊策，莫負雲程咫尺間。

其　二

蒲桃到處總生春，畫裏龍鬚別有神。最羨明珠垂顆顆，肯將珍重贈同人。

其　三

杯酒談歡剛十日，無端又是別離時。今朝我亦東行客，不向長亭折柳枝。_{時余亦有赴省之行，未及出郭相送。}

其　四

三年心事始分明，從此相思重友情。但願知交如我愛，品題詩許再隨行。_{時余呈閱詩草未竟，仍請帶去閱完寄還。}

六月初五日行次沙河，欽奉恩旨以知州陞用，先換頂戴，志喜

頭銜今始上條冰，日信斯之尚未能。遲我六年懇後起，道光癸未那制軍升吉貴德同知，吉力辭不就，閱今已六載。饒人一步任先登。_{客歲蘭蕭二局保舉，吉以地方官須俟兵差過竣始可列保。}三春暉報綸音疊，五代歡看綵袖承。從此益求臣子志，撫衷還覺自兢兢。

淑芳寄余書，有一月三十日，無日不思我，一日十二時，無時不念我之語。是殆由古詩一日思君十二時而益加懇摯也，遂用其意作此以答之

一月三十日，一日十二時。無時不相念，無日不相思。我心固若是，卿言亦如斯。憶昨寄書至，開緘細讀之。讀到前數語，使我倍神馳。征夫與思婦，自古傷別離。倘非情義重，相棄嗟如遺。信如卿所言，愛我無盡期。闊別今五載，魂

夢猶相隨。矧我浮雲壻，愛卿情更凝。無時復無日，刻刻常思維。恩愛百年長，不爲顏色衰。請看孟德耀，舉案尚齊眉。此中意何在？爾我兩心知。

次岔口驛夜雨

一夜淋漓雨，新秋送早凉。孤衾綿力薄，殘夢漏聲長。寂寞山城裏，蕭條驛路旁。鄰雞遲報曉，滴瀝向晨光。

岔口驛住雨一日

大雨傾盆下，歸途此滯留。吟詩消永日，覓句紀新秋。路濕稀人跡，雲垂壓馬頭。客中饒雅興，獨坐自夷猶。

懷袁玉堂年丈題旅店壁上

幾人能到玉關來？用玉堂句。萬里懷君去復回。佳句已堪共欣賞，余送內子歸里有"金閨人到玉關稀"句，玉堂甚賞之，自題句云"寄向深閨兒女道，幾人能到玉關來"。即用句意。閒情争奈自徘徊。秋風何處歸猶滯，夜雨今宵夢費猜。玉堂與余同入關，余自蘭回，途中尚未遇見，不知何處滯留。記否前途相問訊，行程兩度看花開。玉堂客歲秋間由戍所起程，近已一年，尚在途中。

題凉州旅店時中秋一日。

幾時中夏又中秋，往返行程未滯留。蒲酒纔欣新釀醉，桂花旋見晚香浮。金閨日永懷重慶，玉塞風清紀壯游。閱歷宦途十餘載，萍踪何處不相投？

戊子初秋，履吉五十初度，因公至蘭。
適有能塑小像者，爲吉作此，雖未十分相肖，
然萬里寄歸，亦聊以慰親心之盼望耳

祖母耄齡母古稀，兒孫年亦屆知非。一官初喜冰銜換，萬里相期綵舞歸。未許顏容憐老大，可教色笑見幾微。高堂日切門閭望，寄此先看膝下依。

淑芳近畫小照寄來,自謂顏容怡肖,余見之猶似昔年回去時也。即用前韻以誌所懷

愛憐夫壻似卿稀,莫道顏容較昔非。金屋傳神勞遠寄,玉關離恨悵先歸。韶華此日忘衰老,愁緒何時話細微?珍重應圖誇骨象,好教萬里又來依。

送其泰弟南旋仍用前韻

成家子弟世稱稀,今是還應悟昨非。五載隨余共西望,<small>其泰於甲申來余任所,已近五載。</small>三秋送汝快南歸。休於鶴背誇騎重,須向蠅頭識利微。回到堂前看舞綵,<small>其泰慈親明歲六月六十壽慶,促歸拜祝。</small>他時仍許再相依。

戊子重陽日,同和齋四弟重至沙州

又逢佳節是重陽,兄弟相隨在異鄉。萬里共懷萸佩紫,兩番同看菊花黃。<small>和齋丙戌九月來沙州。</small>登高幾度吟風雨,行遠經年冒雪霜。轉眼春來再分手,玉關何日雁連行?<small>和齋頻年往返,近擬明春赴都分發。從此筮仕天各一方,不知相見何年。</small>

戊子季秋,小妻金華隨余至沙州,訪舊相好諸姊,時屆二十誕辰,同寅爲釀酒奉賀,余謂少年侍室何修得此,詩以示之

我已知非爾及笄,五年隨侍宦游西。却因衰老憐支子,也許榮華到小妻。<small>小妻生男,近捐縣尉。</small>陸展不教嗤髮染,孟光可合配眉齊。<small>內子前年南旋,爲置小妻,頗相得。</small>遙看萬里承歡日,正趁秋風報紫泥。<small>時正遣人回家。</small>

己丑元春,喜祖母年躋九旬,并懷內子淑芳,望余歸祝

重幃今屆九旬年,侍奉家居賴內賢。孫婦又看爲祖母,曾元均喜列官聯。歡承萬里慈暉永,慶溢三春綵袖鮮。記憶齊眉望夫壻,相期歸祝畫堂前。

題四弟和齋小照

去年三月桃花開，芳園春色正徘徊。今年三月桃花放，玉關春色遥相望。春色年年去復來，送君西來又北上。我將入山君出山，我年半百君及壯。頭顱似我雪盈巔，鬚眉不復昔時狀。長身鶴立今羨君，丰裁矯矯信不羣。何幸傳神在阿堵，會看雁陣又將分。雁陣分將去，何時仍同語？回首重幃春晝長，春風得意花正芳。爲君留題壯行色，他年好憶舊韶光。

題四弟婦連氏小照 _{內子淑芳近寫小照寄余，四弟婦亦以小照付四弟，聞家居妯娌甚相得，且能孝事重幃，余深嘉之，因題四弟小照，并連書之。}

陌頭楊柳青青色，夫壻封侯去何急？不學凝妝上翠樓，門前翹望猶佇立。儂家少婦在金閨，重幃侍養同山妻。山妻五載賦歸去，浮雲望我玉關西。玉關西望萬餘里，夢魂飛繞如尺咫。伯兮季兮皆遠游，難得相依似妯娌。顧我離家十五年，瑟琴自愛揮朱絃。刖弟鸞膠正新續，可教燕喜歌堂前。畫圖是否顏容肖？自古齊眉懷德耀。我雖未見心相期，室有賢聲宜則傚。

上元前三日，口占送和齋四弟赴都分發，即題淑芳畫箑便面

幾時攜手出蘭泉，轉眼催君又著鞭。最是難分惟此日，不知相見屬何年？柳烟袖拂臨歧處，柏酒樽傾餞別筵。竚望三春消息好，雁行雲路正聯翩。_{淑芳畫桃柳箑上有句云："桃紅柳綠春三月，寄語征人動遠思。"}

元宵玩月

去年中秋秋月明，明照兩地相關情。今年元宵春月朗，朗徹重霄倍懷想。月明月朗總同然，那計春來與秋往？春來秋往無時休，一年幾度月當頭。人生得意須行樂，曾聞秉燭恣夜游。刖值清宵萬里共，人間爭奈分春秋。秋月不如春月好，和悅真教對坡老。我正懷人天一方，今宵玩月忘眠早。

己丑元春，安西城中新倡社火，
爲從來未有之盛，詩以紀之三首

滿城簫鼓喜喧闐，人在高臺望欲仙。二百年來無此景，凱歌今已靖三邊。

其　　二

燈火輝煌恣夜游，歡看陸地亦行舟。漫言沙漠荒涼甚，一曲笙歌迭唱酬。

其　　三

邊疆六載賦馳驅，曾見兒童竹馬無？底事和番猶度曲，昇平舊話譜歌衢。

吴屋河騰漢同年自閩來甘，援例出山，到余淵泉官署，
得詢家鄉近況，即用送家四弟北上原韻

故交何幸到淵泉，爭奈先驅愧執鞭。好友共懷千里月，麤官已過五旬年。多君健步馳荒徼，慰我離悰醉綺筵。塞上風霜勞擾甚，漫誇裘馬正翩翩。

李載堂廣元安西諸生，願受業於余。余何能教，
然觀其志向不凡，因書素箋，藉以勉旃

種樹種松柏，栽花栽芝蘭。芝蘭期馥馥，松柏望丸丸。材不擇地産，性惟願所安。誰是後彫操，獨自耐嚴寒？誰是幽谷姿，肯自甘摧殘？由來爭樹立，所貴在發端。有志事竟成，此論終不刊。

恭題祖母范老太夫人九旬壽相

祖母今年政九十，曾元五代歡繞膝。回憶當時撫遺孤，苦節備嘗如昨日。吉年三歲侍重幃，饑先爲哺寒爲衣。祇今一官隔萬里，夢魂飛繞尚依依。顔容見説今猶昔，髩髮絲絲半蒼白。板輿七載莅西陲，康健渾忘身作客。自從午歲賦南旋，屈指於今又八年。平安郵報玉關道，春暉遥望畫堂前。畫堂指日開壽宴，起居八座世共羨。恩綸稠疊賜襃嘉，七葉衍祥喜親見。色笑長承未有涯，瑶

池初結千年花。顧吉宦游十五載,何時歸祝樂田家?作吏真教愧虞詡,綵袖斑斕環拜舞。鸞廻紫誥慰開顏,更喜傳神在阿堵。長生從此仰壽圖,免採嵩山九節蒲。新秋正值瓜緜瓞,會看晚景榮桑榆。

自題畫像

百歲等駒光,人生嘆如寄。顧我年五旬,未慰平生志。維昔課讀書,趨庭望大器。弱冠博一衿,壯年尚滯試。旋以拔萃科,承恩擢外吏。堂上有重慈,回首誰奉侍?掘粟愧劉殷,萬里捧輿至。赤子視吾民,勉余勤撫字。邊疆十五年,十任歷臨莅。雖居五品官,殊自愧位置。矧更荷聖恩,戎勳級加二。撫鏡窺鬚眉,恒言老猶未。七十似老萊,尚作綵衣戲。有客工寫真,繪我顏容晬。面目認本來,還恐嗟弗類。我是一書生,爭奈同匏繫。宦況任升沉,清守惟自勵。終屬山林人,功名身外事。所幸長子孫,承歡今五世。對此復自題,酩酊先一醉。

題內子張宜人畫像

德言與功容,禮經稱四德。雅詠無非儀,所議惟酒食。宜人窈窕姿,十歲爲余匹。聞昔侍慈幃,閨房未輕出。問答無多言,疑非聰慧質。維年初及笄,歸余調琴瑟。雞鳴勸讀書,斷機勖夜織。鍼黹不辭勞,殷勤大母側。骨象應畫圖,還蒙鍾愛極。我謂宜人賢,在德不在色。治家務儉勤,持身戒華飾。晨夕奉饎饎,孝養尤靡忒。隨余宦西陲,十載襄內職。告歸事姑嫜,子女婚嫁畢。妯娌式賢聲,相與宜家室。客歲寄圖來,攬鏡貌如一。謂余遠遊人,相見應相憶。替月羨圓姿,今昔無盈蝕。茲爲寫長生,更藉丹青筆。偕老看百年,白首總相得。

自題小照,并內子淑芳,二妾王氏、勾氏

是我還非我,圖開境界寬。桐陰垂美蔭,蓮沼盪清瀾。窗外煙含柳,庭前露浥蘭。桂呈風馥郁,竹報日平安。得句題蕉葉,看書踞石磐。兒童初解讀,姬妾共盤桓。掛壁絃方靜,臨池墨未乾。爐鑱焚寶鴨,鏡欲照祥鸞。侍女傳香茗,伊

人執素紈。好花窺曉艷，芳草惜春殘。別已經年久，歸猶感歲寒。齊眉懷舉案，攜手憶憑欄。佳景饒相賞，多情許並觀。同行顏皎皎，緩步佩珊珊。薄宦慙余拙，深閨和爾歡。他時容小隱，列坐喜成團。

代擬祝祖母范太夫人九十壽詩四首

古來巾幗姿，所志在貞潔。當其舉案時，齊眉正和悦。無何失所天，中途嗟分折。破鏡難重圓，白璧甘玷缺。孰是貞淑心？恩情重結髮。矧更屬青春，誰能自激烈？惟我太夫人，彤管揚名節。三載勖雞鳴，一朝悲永訣。譬若後彫松，獨自凌霜雪。譬若子規啼，嘔出心肝血。貞操侔柏舟，遺娠僅三月。矢志在撫孤，靡他誓自決。非無勉去幃，心堅更如鐵。恨是未亡身，五夜起嗚咽。六十有餘年，聞言猶悲切。屆玆年九旬，孫曾多英傑。苦節世所欽，煌煌樹綽楔。青史表芳徽，榮耀垂門閥。右頌節

其　　二

宜室復宜家，桃夭重詩教。所以古今來，婦德爲至要。棗栗奉舅姑，三朝重見廟。婦以順爲宜，禮經尤詳告。最苦婦人身，性難由所好。敬戒復毋違，父母先訓誥。惟我太夫人，金閨稱至孝。孀姑侍重幃，晨昏承色笑。馨潔治膳饈，怡然遵教導。忍泣自吞聲，形影暗相弔。子職與婦道，一身堪則傚。持此訓庭除，孫曾更賢肖。孝爲百行原，天教食其報。繞膝看今玆，回頭憶年少。年少撫鏡時，未來誰逆照。惟孝可與言，前功見後效。孫婦又抱孫，齊眉比德耀。五代喜承歡，相看德彌劭。右頌孝

其　　三

五福衍箕疇，三多首華祝。斯世視如恒，稱頌書滿幅。爲問受祝時，誰能慰所欲？受者不可誣，祝者轉近俗。善爲福所基，自求在衷曲。從古積善家，獲效尤神速。惟我太夫人，老景膺多福。翟茀擁魚軒，榮華受命服。精神日健康，頤養食天祿。板輿昔遠來，風景時遙矚。七年賦歸去，堂構自營築。婦輩侍房帷，孫曾親課讀。恩惠周鄉閭，家室覘雍睦。平生志所期，悠然心意足。有福受自

天,罄宜而戩穀。矧今九旬年,芝蘭日芬馥。老福頌彌加,琳瑯進瑶軸。鸞誥頌五花,燦爛榮邦族。右頌福

其　　四

人壽百年期,自天視所授。七十即古稀,耄耋更難覯。養老古所隆,問年禮加豆。世人好神仙,丹砂訪勾漏。採藥冀長生,虛渺徒研究。豈知不老身?德者得弗謬。惟我太夫人,高年躋上壽。鶴髮而童顏,神明無衰瘦。座上擁金花,庭前翻綵袖。桃果千年實,芝草三春秀。天保詠九如,松柏美長茂。此日望慈暉,重幃欣永晝。俾爾壽而臧,俾爾壽而富。燕喜歌魯侯,壽母今稱又。花甲看重週,期頤未足囿。王母與麻姑,視此年尚幼。南天有嬬星,光輝齊婺宿。壽者德所酬,請以康爵侑。右頌壽

兼攝敦煌縣事近將三月志感

安西作牧令敦煌,三月於茲兩處忙。冰署數番相往復,銅章雙綰自申詳。應知國事如家事,須信官場即戲場。十五年來憨故我,九旬恰喜值稱觴。時逢祖母九十壽辰,兩處稱慶。

四　宜　深　處

小屋三間號四宜,春秋冬夏各因時。尋芳恰愛花開早,避暑偏教日到遲。記取凉宵明月照,能除寒節晚風吹。重來猶喜留題處,再補當年未詠詩。

蘇　　園

漫道蘇園此即家,五年隨例亦離衙。那知旋捧三春檄?只看初開一歲花。幾度重來人是舊,者番相別路非賒。應思宦跡浮萍似,去住何妨莫自嗟?

又　新　書　屋

修葺衙齋又一新,三年四任換居人。初來此地誰爲主?再至他時我亦賓。語燕梁間懷舊壘,流鶯枝上憶芳春。須知游宦如過客,邸舍相看借宿頻。

住敦煌內署，并懷內子淑芳

昔是芳卿舊住房，重來使我倍思量。推窗曾許朝窺艷，席地猶懷午納涼。淑芳畏熱，盛夏常於房中席地而坐。到處萍踪原靡定，當時蓮步此珍藏。那知歸去經年久，又屬誰人理曉妝？

題鳴沙講院樹人書屋，兼呈劉扶九鵬翱年丈

漫說人宜樹百年，春風桃李快爭妍。期君五載栽培力，慰我三秋屬望緣。植品須教端本務，因材應許比薪傳。龍門自有桐千尺，會看呈華到木天。

聞朱筠塘煥別駕長男生孫，詩以賀之

去年正值授官日，今歲又逢生子時。爲報老翁欣跨竈，更看王母樂含飴。君家美事還重見，宦況歡心可共知。待我歸嘗湯餅宴，詩章先賀長孫枝。

讀香山長慶集

李杜詩才高千古，流落江湖何太苦？悠然自得白香山，老死行年七十五。功名列爵開國侯，一生快樂無窮愁。翻因無子傷太息，天命從來不自由。始知造物忌盛滿，此爲所長彼所短。人生得意若兼收，豈獨流傳詩一卷？學詩我愛學香山，詩才未許後人攀。得句但求老嫗解，詩篇自愛復自删。假人筆墨梓詩集，我讀一篇愧勦襲。時有文人新梓詩集。回頭復讀香山詩，格老才高誰能及？

和李聽松濤題扇頭畫淑芳小照二首

敢道儀型屬女宗，老來還憶少時容。眉如柳葉含煙翠，頰帶桃花浥露濃。自昔芳姿殊欵欵，而今雅度尚雍雍。五年歸去知何似？歡侍萱幃錫慶重。

其　　二

偕老相期到白頭，畫眉猶記筆雙鈎。曾經弱水三千里，已屆韶華五十秋。

歡會有時宵入夢，凝妝無事曉登樓。春來正盼新消息，争奈關山客路修。

有　　懷

西去南來路八千，一番消息動經年。遥知此際閨中望，預辦新秋介壽筵。

安西感秋二首　并序

　　嘉慶二十年，余筮仕來甘，二十一年署安化令，二十二年祖母攜眷來任，二十三年以後歷署漳縣、正寧、靈臺。二十五年補崇信令。道光二年、三年歷署洮州、貴德司馬，四年署敦煌令，五年隨調是缺，七年署安西州。回憶嘉慶二十四年，在蘭州慶祝祖母八旬壽誕，轉眴又歷十年。自道光二年祖母南旋後，每逢秋日，倍深思慕，是歲余署安西兼攝敦煌數月，相往復迄無暇晷。七月八日又逢祖母九十壽慶，適讀白香山詩，見《曲江感秋》二首，前敘年歲與余年適合，因借其句并用其韻，亦作《安西感秋》二首。噫！天涯遊子，正不知何日得以歸侍慈幃也。時道光九年七月七日云耳。

　　嘉慶廿年秋，我年三十七。道光九年秋，我年五十一。中間十四年，十任邊吏職。九年爲縣令，二年司馬秩。三年爲刺史，奔走無虛日。回首望高堂，何時歸侍側？母壽六十九，大母壽九十。值此清秋宴，一堂慶初集。萬里宦游人，欲歸歸不得。區區寸草心，欣慕竟何極？

其　　二

　　天上牛女星，一年會一度。獨我遠遊人，萬里隔雲樹。離家十五年，未許一回顧。兹逢七夕期，使我倍孺慕。明朝祝壽辰，壽星輝寶婺。遥憶此時節，家中環坐處。舞綵慶團圓，老人增樂趣。更知憶遠游，謂我在冰署。此際亦稱觥，公堂争獻賦。視彼銀河津，可作人間渡。

祖母九十大壽，連日綵觴稱慶，越六日值余賤辰，
兒輩復藉以祝余，偶然有感

世上難皆百歲人，五旬今又一年春。半生勞碌知何似，萬里奔馳悟夙因。

帶鏡已看將老眼，余年來眼漸見花，凡寫字看書須帶眼鏡。舞衣漫説始衰身。重幨纔度稱觴日，却藉餘芬及賤辰。

敦煌廣文劉扶九鵬翶年丈來祝家祖母壽慶，又爲賤辰滯留數日，仍用前韻誌謝

同是邊關薄宦人，漫云著手自生春。撫綏慙我才終拙，培植懷君教尚因。鵬路定看先奮跡，鳩居猶許暫棲身。時求回敦煌本任，仍奉檄接署安西。何當來祝重慈壽？又爲羈留馬齒辰。

題吳星河騰漢同年小照，即送其入都赴選

我家住龍潯，君家住均溪。相距未百里，風雨共鳴雞。云何一分袂？薄宦玉關西。萬里雲山隔，無由相攀躋。君才務就樸，我愧難與齊。別來十五年，深情悵離睽。幸聞君遠至，春風騁馬蹄。相見更恨晚，歡喜逾平時。彼此感年歲，我已嘆始衰。懷君氣何壯，健步超駃騠。相聚甫半載，驥足不久稽。會看長安道，馳騁判雲泥。爲君寫容貌，何處暫寄棲？青天一鶴翔，挾轂鹿與隨。他年伴松菊，淵明志可追。視此阿堵中，出處知咸宜。送君行有日，把筆爲君題。君去日益遠，我心隨君馳。五十服官政，最績還相期。殷勤一杯酒，何日手重攜？

星河同年小照余留其一，星河亦以余小照攜去，因占一律，并題於左

廿載科名共一經，心交自昔兩忘形。懷君馥郁林中桂，似我浮沈水上萍。肝膽已教傾壯歲，顔容漫道近衰齡。書生面目渾難改，豈爲分攜判醉醒？

懷陸雨香—濂司馬登敦煌内署蘇園見寄

邊關自昔少詩人，似我巴吟屬性真。知己忽逢仙吏到，居官合作友朋親。句慙題壁難藏拙，韻愛揮箋若飲醇。想見蘇園花正發，翩翩司馬澤如春。

中秋夜月

十五年過十五秋,月盈十五又當頭。團圓萬里今宵共,兩地相思一樣不?

題友竹山房小照

友竹山房下,行年五十春。一官仍故我,萬里未歸人。德愛傳經舊,衣看舞綵新。平安憑遠報,長與此君親。

題種桂山房小照

種桂山房裏,齊眉卅二年。宦游憐我拙,侍養賴卿賢。詩錄隨官草,書懷課子編。天香花正發,猶自愛秋妍。

示長男壽椿南旋並勖北上

憶昔十六歲,攜汝遠相隨。及今歲三十,今汝獨驅馳。父母地南北,來往嗟分離。孫曾更憐愛,盼望自重幃。十年汝初返,三載又來茲。博得一官去,貧作餬口資。人生爭樹立,勿鄙小官爲。汝父昔壯年,猶是一書癡。讀書期世用,屢躓秋棘闈。回首趨庭訓,振觸淚交垂。惟汝年方壯,歡侍嚴與慈。不看舐犢愛,豚犬亦是兒。汝當知自勉,努力須及時。慎勿如汝父,老大自傷悲。克家望肖子,肖我非所宜。堂上垂白髮,侍養職先虧。階前滿黃口,俯畜力莫支。我來十五載,滯跡居邊陲。汝今將筮仕,先命汝南歸。歸見堂上喜,爲父話所思。薄宦隔萬里,長懷膝下依。昔聞老萊子,七十舞綵衣。父母逾半百,敢道今始衰。他日賦歸來,猶將學笑嬉。頭銜近初換,紫誥荷榮施。惟此堪告語,差慰樂含飴。矧汝始生日,太母尤愛之。抱孫纔如昨,又見孫生枝。汝母今抱孫,朝夕倍護持。可曾思太母,愛我亦如斯。承歡環五代,轉眼躋期頤。所望孫曾輩,友愛長怡怡。汝父無可教,願汝叶塤箎。弟兄皆列職,行看雲路歧。團圓如夜月,三五有常期。生男懸弧矢,長大難羈縻。利鎖與名韁,半爲寒與饑。千里志激昂,自守貴謙卑。窮達固有命,履安當思危。書此重勖汝,懸作座右規。

友竹山房詩草補遺 古今體一百八首

過赤水遇雨

離家行一日，道上雨來頻。落落誰知己？勞勞獨愧人。風侵衣帶冷，苔印屐泥新。踏破雲深處，桃花慰問津。

鼇峰玩月

別來新月幾回圓，千里分明共一天。祇爲多情吟不盡，教人夜半未成眠。

送鰲江陳夫子調任晉江學

柳折長亭趁曉烟，依依悵別舊青氈。不教夜雪陪三尺，尤憶春風坐兩年。質曾敢希終變化，官清難禁尚留連。師將赴任，猶留連數日。龍潯祖餞傾樽酒，翹首雲山望眼懸。

鼇峰書院和龍溪鄭雲麓開禧原韻

有志原知事竟成，鼇峰砥礪最關情。重來愧我三年久，積學如君四座驚。綠漾蓮塘應偶伴，香飄桂闕合先聲。春風他日能相識，好踏紅塵騁轡行。

六月六日夜雨

讀書方夜坐，樓外雨瀟瀟。是處涼先到，非秋暑已消。遠聲和蟋蟀，微響滴芭蕉。臥聽西窗下，更深慰寂寥。

從濬邨伯夫子遊儒林石洞二首

石破天荒特地來，阿誰不羨景幽哉？參禪每以閒情到，入定相於費手裁。

參禪入定皆前後佳景。我爲藏鳩尋勝蹟,人從傚鹿育英才。內有傚鹿洞,爲講書處。經年樹木皆成蔭,竹外疎枝幸有梅。

其　　二

松濤天半雜蟬聲,地以招涼故著名。不數奇峰雲外見,許多怪石箇中評。苦人夏日常無恨,坐我春風最有情。何日登山容載酒？尊前踏碎紫苔生。

訪秉懽叔祖,兼讀詩稿,仍用前韻二首

幾時擬向此鄉來,這日登臨足快哉。人屬一家兼舊好,詩多百首是新裁。讀懽翁近作詩稿,有百餘首。相逢慣説堪輿術,懽翁精堪輿,與余談論頗合。到處偏閒濟世才。莫道寒酸真面目,百花誰敢敵芳梅？

其　　二

山中不輟讀書聲,知是騷壇久羨名。佳景每堪供笑傲,好詩還任雜狂評。數杯茗戰渾無事,一路花香儘有情。惜別休言相見晚,錦囊大半話平生。

先大人墓次

難報親恩嘆昊天,一邱省視倍愴然。每逢久雨人須至,都爲新坟土未堅。黄壤還培三五尺,青碑永泐幾千年。登臨祇有高山在,安否何從問九泉？

丙寅借榻滋樹軒,別濬邨伯夫子

得坐春風僅一年,臨歸師弟兩依然。讀書徒愧因人熱,借榻端知賴主賢。已趁梅開催試筆,仍留竹蔭任侵氊。文章自昔推家學,愚魯當期異日傳。

季春新晴,温伯大偕諸友見訪,留款南樓

盼得天公放早晴,呼童掃榻待先生。園蔬已屬家人設,樽酒未蒙長者傾。最是論文饒逸興,可曾分韻慰幽情。他時若肯重相訪,友竹山前倒屣迎。

庭中蘭花盛開，移置南樓

謝家庭裏舊名蘭，移向窗前取次看。紉佩已邀君子采，與居常作善人觀。合偕一室芝生紫，比是三秋桂吐丹。滿座香來風細細，閒情時復自憑欄。

秋試後抵家，九日登筆架山

九日身登筆架山，興來樂趣總相關。不將佳節饒人鬧，難得幽情似我閒。菊酒已邀連日醉，桂香應待此時攀。遙思黃榜題名處，曾否今秋戰勝還？

閱　課

已愧才迂拙，論文索解人。選言休襲舊，樹義必求新。悟得書無滯，傳來筆有神。此中何妙訣？還是認清真。

庚午上巳前一日清明值雨

寒食清明上巳辰，難逢三日卻相因。天原好意聯佳節，雨亦多情戀晚春。昨夜杏餳調已冷，今朝榆火賜還新。踏青仍與同儕約，舊事三月三日踏青，曲江俗以清明日為踏青，非也。可是初晴不負人。

甲戌晉京口占

拜別慈顏始出門，叮嚀好語望兒孫。一身維繫知關切，千里馳驅敢憚煩。無限風霜經歲月，有懷雲日隔晨昏。倘能毛檄歸來捧，繞膝歡看彩袖翻。

望江郎石

遙望江郎石，崔巍勢接天。三山雲外見，萬丈日邊懸。特立原高岸，低臨更絕淵。誰人攀級上，覽勝到峰顛？

晚泊釣臺下飲酒二首

阿誰紅粉許相陪？漫醉當筵酒數杯。船家請客，皆令小婦佐酒。不盡思量今日事，黃昏喜上子陵臺。

其　　二

十分妝束巧安排，難得嬌姿到處皆。雲髻好將新樣看，教人猶自憶荆釵。

贈同舟浙商顏國治

各韁利鎖幸同舟，促膝談心意氣投。滿載隨君歸浙水，輕航送我到杭州。文章催赴千軍選，貨殖行看十倍售。從此途分南北去，清風明月憶江頭。

閏二月十五日清明四首轆轤體，用清明無客不思家句

清明無客不思家，我自家來去路賒。瞥見長亭新柳色，計程何日到京華？

其　　二

異地風光景物嘉，清明無客不思家。停舟振觸心頭緒，買酒前邨問杏花。

其　　三

男子四方原有志，平生最苦身多累。清明無客不思家，珍重今朝須一醉。

其　　四

迢迢地角與天涯，坐對江干日未斜。佳節一時誰領畧？清明無客不思家。

與同年吳星河騰漢同行有感

本是同年誼，同行誼更親。星霜千里共，風雨一燈頻。舊事誰回首？長途各愛身。君知鮑叔否？應解惜吾貧。

舟停蘇州二日

景到姑蘇費品題，繁華孰與此邦齊？衣冠盛飾花爲繡，環佩輕翻錦著泥。

高閣簾皆明翠羽，小船窗亦夾玻璃。遊觀不盡行人眼，催上春風未許稽。

三月十七日立夏新城道上

春去夏來三月半，柳花纔落麥纔黃。似逢天氣先時熱，未見鄉邨到處忙。深巷今朝猶賣杏，老農明日欲分秧。獨憐遊子雲程遠，還擁征車話道傍。

道上偶懷

屈指登程月已三，一身來是自閩南。舟中書半消閒檢，馬上詩多遣興探。路未經行頻問訊，人非相識罕交談。都城奈有同鄉客，策轡前投便脫驂。

入都

聖朝洪化邁唐虞，極北遙臨重建都。四海昇平歸帝闕，萬年鞏固壯皇圖。天開國運光昌日，地屬人文會萃區。幸際九重徵俊士，丹墀待命小臣趨。

寄家書

自春徂夏又新秋，別未經年欲宦遊。報道爲官應喜幸，添來負債尚憂愁。家貧絕少生涯計，親老何妨禄仕求？寄語室人艱苦慣，眼前聊復共籌謀。

聞同年外用請改教職志感

才非百里聽誰評？出自天恩快此行。不作春風歸絳座，要將霖雨濟蒼生。文章祇恐談無補，政績還期畀有成。人弗敢爲余敢去，饒他鄉會盼科名。

七月十三日生辰自紀

兩年異地度生辰，許國馳驅重致身。初幸受知逢聖主，難從乞近爲衰親。例以家有次丁不得改近。天如有意還憐我，志本無他莫愧人。最憶高堂千里望，焚香朝夕禱祈頻。

七月十五日吏部籐花廳上籤分甘肅

籐花廳上簇籤牌,誰是還嗟命不諧?萬里邊疆將待理,兩人暗處久推排。是日甘肅籤二,一余一湖南陳佳英。地因寥遠憑先步,家望平安騁壯懷。果爾不慙忠與孝,何妨遊子歷天涯?

七月十九日謝恩恭紀

一官初命仰臨軒,九叩庭中謝主恩。身世百年期報効,程途萬里願馳奔。天高雨露霑濡渥,地邇衣冠拜舞屯。此去克符臣子志,他時仍侍紫宸尊。

別陳木齋向榮留都

來時剛報杏花開,又趁秋香桂子回。敢道功名多定數,終輸姓字捷高魁。知君猶奮三年志,似我殊慙百里才。科第不教長附驥,臨歧分袂更裵裵。

中秋舊縣玩月二首

誰能不負此中秋?我已三年客外遊。料得今宵家裏望,月圓又數幾廻過。

其　二

秋風歸報近如何?佳節應欣此日過。千里奚知遊子處?家人還是不眠多。

舟中感懷

世途艱險恨難行,水不平流亦作聲。到處漫誇新宰宦,由來最憶故鄉情。家知望我千愁解,事愧求人百媚生。爭道榮歸應色喜,此身猶自夢魂驚。

晤武進顧少府謨,曾任甘肅縣事,得詢風土

問途欣遇過來人,西土輿情省識真。萍水不妨詳告語,最難爲政是親民。

燈下偶談

一燈相對每更餘，除却清談便看書。莫向牀頭私浪語，隔窗無那影蕭疎。

住浦城二日

風塵僕僕歎孤行，纔過山程又水程。買櫂人還遲去路，到家余亦滯歸旌。牀頭金盡寒顏色，囊裏詩多適性情。信是長途難算日，不妨杯酒淺深傾。

懷三弟應試

秋風何日報萱庭？愧我科名僅一經。繼起深期棠棣秀，歸來快覩藻芹馨。家無長物惟書卷，爾有文章本性靈。救急應知先發憤，當年嚴訓重叮嚀。先大人庭訓，救急無他道，惟發憤讀書而已。

過黯淡灘

黯淡灘頭一櫂過，滔滔巨浪似懸河。兒時聞説船行險，今日方知險處多。

尤溪口

一水源頭何處來？雙峰當日產賢才。大儒千古傳遺跡，此際中流好溯洄。

聞三弟婦鄧氏春間生男，後十日卒

女人求子似求名，怎奈分途判死生。我去猶能千里返，婦來未及兩年盈。福憐吾弟難消受，事苦儂家易變更。有子休言今已足，高堂撫此倍傷情。

清明日劍溪舟中即事

清明當二月，令節屬三春。路認歸時舊，花開到處新。千條誰折柳？萬里此行人。漫道思家切，家方念我頻。

病中夢詩二句，醒後續成一首

客中私事告人難，一病還求偶睡安。魂自往來憐漏永，神因展轉怯燈寒。吟成應許通清夢，望久偏宜報好官。二語夢中作。此語猶教醒後記，可能時作眼前看。

誌　夢

私事頻教枕上思，往來千里五更時。深閨昨夜如同夢，錯認今朝始別離。

浴佛日舟次沙陽

幾日行無百里程，沙陽夢醒待天明。呼童買菜前村去，記取今朝是佛生。

刈麥偶見

平疇處處刈黃雲，滿載歸來日未昏。多少纏頭村女隊，每因收穫亦辛勤。

偶　懷

幾時相見不相親，入夢偏教得近身。餐飯那堪因我減？旅懷還覺念君頻。臨行有淚緣知己，惜別無言轉怕人。料爾紗窗私對鏡，鬢絲猶認剪痕新。

五月初六日邠州阻雨，適長男昌齡患病

憐渠未慣受風塵，況復長途歷苦辛。穉質已忘嬉戲事，髫齡便作遠行人。每防早起多寒氣，竊喜初來少病身。偶爾停車形困頓，不妨因雨養精神。

至　蘭　州

端陽廿日抵蘭州，壯志偏因薄宦遊。家遠望來雲萬里，路長行到月三週。二月廿一日起程，今月已三週。將膺民社心還怯，却悔詩書學未優。笑說黃河天上

水,出山安見不清流。

六月初一日口占

關山萬里嘆迢迢,旅館誰來慰寂寥？道不思量又思起,女兒生日是今朝。

高臺道上

盡日馳驅馬逐羣,山城塵障望如雲。雨餘遍地成鹽市,風定堆沙積水紋。麥隴初看秋穗刈,稻田無事夏秧分。西來景物殊鄉土,六月重衾始覺溫。

生日自紀二首

爲家爲國兩相因,能子能臣視一身。萬里忽教兒遠去,又逢此日憶生辰。

其　二

青春虛負每生憐,筮仕還先強仕年。莫向此時憎老大,饒人不肯是希賢。

九月廿一日憶家_{去年是日四弟送祖母並内子南來,母以女弟年將出閣,不與偕行。}

萬里家來慰客情,去年今日始登程。捧輿應喜看孫子,把袂還欣見弟兄。夫壻浮雲隨去住,宦途如水任縱橫。最憐兒女能爲累,得奉慈幃罷遠行。

送許熙齋卸武陽司訓歸里,并贈北行

春風幾時到,忽忽過半年。栽培新桃李,相於爭芳妍。我亦種花人,扶植恒茫然。與君歡聚首,勸課共勉旃。顧我風塵吏,案牘雜簡編。何如君戀學？講訓暖青氊。武陽蕞爾區,士習重親賢。文章結心契,投合信有緣。枳棘非久棲,秋來喜高騫。者番重一別,握手意纏綿。椿萱歲未艾,歸侍畫堂前。轉瞬春風裏,又看杏花鮮。回頭視舊侶,萬里隔雲天。矧我浮水萍,更難定去遷。此時共樽酒,桂露滴離筵。風雨重陽近,誰爲滯歸鞭？黃花如有約,開徧東籬邊。好作

三秋咏,依依兩情懸。

庚辰四月,次羅川書院山長趙清齋希曾同年贈別原韻

屈指行程欲暑天,長途争奈日如煎。宦塲寧冷毋趨熱,王事應勞敢説賢。徒作嫁衣慙製錦,余春初攝篆,羅川爲前任,清釐交代,兹又奉調赴省,改署靈臺。還期學道化歌絃。我來三月知無裨,舟楫漫言可濟川。

倒和原韻,即以留別

當年文物冠羅川,剏和塤篪叶管絃。清齋伯叔兄弟數十人,猶同家式好。講學新看師弟雅,傳家舊屬子孫賢。蟻浮春釀心同醉,鶴繞晨烟手自煎。幾度程門殷過訪,那堪此後各方天?

重修靈臺學宫,落成志感

萬仞宫牆仰聖人,重修無復愧因循。歷任詳請興修,奉飭捐廉修葺,皆因循不果。几筵焜燿疊尊古,泮璧縈洄茆藻新。工喜告成剛四月,事懷經始屬三春。余以今春三月捐修,計四閲月,遂獲竣事。於論鐘鼓由兹盛,竚看文風返樸淳。

家三弟中齋新啓山莊,因其地名顔曰壁圖,寄歸志喜

東壁圖書漫錫名,山莊新啓便樵耕。詒謀已許宜孫子,式好先教詠弟兄。地僻他年容吏隱,堂高此日荷恩榮。文星西映遥相望,快聽遷喬報曉鶯。

讀白香山親戚歡娱僮僕飽,始知官職爲他人句有感

官職爲人信可嗤,轉嗤人不自家知。歡娱應悟情相戀,温飽須安分所宜。請看登場誰是戲?欲參當局我非癡。隨緣去住原無定,退步何如願暗思?

寄賀三弟中齋三十初度,並勖力學

轉瞬髫齡已立年,休將老大受人憐。學當壯歲須加勵,志到窮時貴益堅。

173

疾病每從涵養減,才華常覺歛收全。算來花甲今纔半,好看寒梅雪裏妍。

靈臺新築書齋,厠近尉署雞鴨欄,小睡未成

偶來窗下夢羲皇,一枕何從趁晚凉?祖逖雞聞中夜榻,孟郊鴨養溧陽堂。知非卧側猶容睡,可是心齋好坐忘。賴有當前花煥發,秋風時送入簾香。

代黃懷浦留別諸友,次秦星五贈行原韻

廿年萍跡寄西陲,無限離懷只自知。行色匆匆空惜別,交情欵欵倍添思。始衰身覺歸須早,終拙才慙去較遲。好趁秋風看晚景,黃花正值欲開時。

雪中山行即事六首

凍雨含風剪作花,飛將六出滿天涯。四圍粉本供圖畫,指點寒烟是住家。

其　　二
亂山陰壑忽寬平,莫辨歸程與去程。看到馬蹄深淺處,前途踪跡畧分明。

其　　三
道左趨迎幾往回,八驥遥向日邊來。不須鴻爪泥痕認,履跡今看接上台。

時在州候送長節相晉京。

其　　四
敢云三尺不知寒,自擁孤衾夢未闌。窗白錯疑天欲曙,昨宵猶記下山難。

其　　五
山路崎嶇訪別邨,一枝春色正當門。謝家飛絮今誰詠?莫向尋常漫等論。

其　　六
歸鞭踏破嶺雲深,高士山中未許尋。自分風塵終覺俗,無端野莩待親臨。

時西鄉報有丐屍,自涇紆道往驗。

喜渭源令同年陳元圃佳瑛卓薦入都

最績三年喜出頭,此生還信是前修。君真渡海將登岸,我似揚帆不繫舟。

愛日情懷同繾綣，凌雲意氣共綢繆。後塵曾否堪追步？更向他時看壯猷。

迎春詞三首

滿城簫鼓鬧迎春，人自妝人復看人。不道如雲游女隊，亦來争看宰官身。

其　　二

春到今年春較遲，好花仍發舊花枝。逢人猶喜談年少，霜雪無端上鬢絲。

其　　三

安排燈彩過元宵，今夜先燃燭幾條。不獨剛逢佳節近，迎來春色是明朝。

惜　花二首

種花原是惜花心，一任芳菲總不禁。底事狂風怨春色，無端吹折苦相侵。

其　　二

枉使花開轉笑人，相逢休再説前因。憐他嬌怯誰爲主？又是桃源一度春。

家鄉感懷十首

桑梓睽違忽八年，暮雲春樹望南天。不知鄉土今何若？回憶兒時强自憐。

其　　二

南樓夜月幾追陪，二十年前問字來。吉從家生齋先生于南樓課督者計六年。敢道春風成往事，李桃還是舊栽培。

其　　三

滋樹軒頭借榻時，趨庭悵絶正含悲。欣逢父執親垂訓，吉以外艱家居，從家潯村伯夫子於鄉之滋樹軒。萬里於今仰絳帷。

其　　四

友朋樽酒細論文，數載追隨憶樂羣。登第扳龍書舘裏，吉設教鄉之登第堂、扳能齋，前後計四載。此時誰復勵辛勤？

其　　五

排解應知處世難，憨將漏語息争端。家古春與儒洲争鬥，議會通族攻其不備，吉以漏言俾知防守,幸不至兩家殺傷,爭端尋息。平生自分多輕薄,但願人宜事後看。
其　　六
家居爭奈是清貧,每計囊資累所親。此後無端生事日,可曾思昔主持人。
_{家叁翰堂衆產頗厚,吉家居時每有忿爭,極陳利害,遂得安息。近爲構訟,傾蕩殆盡。}
其　　七
薄宦年來悔遠遊,故鄉書信幾回修。郵筒一見心先喜,却怪行人不早投。
其　　八
弟昆私幸侍輿還,話到支離不忍删。寄語知交如我問,雪花漸染鬢毛斑。
其　　九
春色遥憐客路賒,送人歸去倍思家。何年友竹山房下,汲得清泉共煮茶?
其　　十
壁圖小築近何如,敢比先生五柳居。釣水耕山容自便,好教他日伴樵漁。

次王眉山見贈原韻

美盡東南羨主賓,此中投契幾何人?五倫難得真朋友,百里殊慚小宰臣。知子文章歸博雅,如余政績屬因循。那堪相與心先切?快望遷喬報好春。

題扇頭畫春夏秋冬四景

春光明媚綠參差,數點桃花映水湄。敢道船如天上坐,輕帆初放恰逢時。
其　　二
夏木陰森好納涼,遥看瀑布出山岡。源頭自有清如許,流到人間尚帶香。
其　　三
秋風蕭瑟暫生寒,滿目紅林取次看。好向遠山尋翠黛,閒愁未許上眉端。
其　　四
冬嶺孤高數老松,當年曾被大夫封。相看晚節今何若,豈爲寒來肯改容?

贈高葆三焜參軍迎養太孺人來蘭

一官千里喜奔馳,秋月團圓動客思。慈母遠來欣繞膝,佳人相對慶齊眉。

庭前鶴健承歡日,窗下熊祥入夢時。春色竚看花富貴,高堂環顧樂含飴。

偶　　見

傾國傾城信有人,相逢何幸挹清塵？花開姊妹容堪並,座對賓朋意若親。許我矜狂消白晝,憐他嬌艷屬青春。笑言微露秋波轉,無限柔情更絕倫。

喜長女壽楣、三男壽楔長成

向平婚嫁幾時完？爲父方知養子難。眼看冠笄袪幼志,心籌匲聘累臝官。詩書能否傳清白？荊布由來出素寒。勉爾豚頑當努力,不徒嬉戲慰承歡。

癸未元旦朝賀恭紀

聖主當陽喜氣新,春來如意溥羣臣。今上諭以今年元旦始行慶賀禮,許在廷大臣各進如意。纔看三度年週甲,國朝自甲申定鼎,越今三度甲子。恰值元朝日上辛。去臘廿四甲子立春,元日值上辛。祈穀預占豐歲兆,獻椒長共壽觴陳。邊陲僚吏承恩遍,遙拜龍光映紫宸。

四　十　五　歲

四十五年纔度歲,六千餘里遠爲官。何須語向人前諱？世俗諱言四十五歲,不識何謂。但恐無聞稱職難。

清明日郊外偶步

清明循例亦遊青,紫陌紅塵舊已經。客爲思家來野寺,人看上塚過郵亭。酒旗懸處誰同醉？詩句成時我自醒。何事門前皆插柳？鶯聲應向樹中聽。

寄贈雍桓大姪並勗四首

弱冠文章已冠軍,還看萬里步青雲。讀書安可先知足？無限工夫只用勤。

其　二

君家詩禮記趨庭，豈博科名僅一經？愧我年來爲俗吏，佳音猶向故鄉聽。

其　三

轉眼駒光十二年，又教評論屬誰賢？狂童肆口今何若？到老無成枉任天。

其　四

功名自昔遠相期，莫廢居諸負父師。寄語他時陳祖德，謝公靈運是佳兒。

過圫塔井，見旅店壁上有矮屋三椽全漏雨，寒燈一盞半搖風之句甚佳，因步其韻

人生不必嘆途窮，客自西來我自東。萬里平沙浮地白，一輪曉日映天紅。幾經寒冷歌霜雪，何處綢繆話雨風？壁上塵封佳句在，阿誰知作碧紗籠？

壁上又有詩一首，亦係前人兩次題詠，有稚子牽衣攔去路，荆妻掩淚問歸期之句亦佳，復步其韻

終朝鹿鹿苦奔馳，咫尺相違即遠離。作客應同千里恨，思家況是十年期。柳絲繫岸風初緩，花影移磚晷漸遲。富貴何如知足好，及時行樂莫含悲。

次赤金峽步壁間袁蠡莊原韻

曾聞不拾路旁金，何事窮途想指尋？鮑叔可能知我否？難將高義見於今。

蠡莊出關時有書見託，至今未能應命，故云。

閏七月因公赴安，次瓜州口，見壁上有步舊題前韻，旋復抹去。余稔其人，並知其事，偶有避忌，故不欲存。然直道而行，是非之判，於此猶見不泯耳，仍用前韻志感

直道何嘗盡好名？是非今已聽人評。偶因避忌頻敲句，不涉逢迎故作聲。路坦會須防馬足，天高豈得困鵬程？古來多少難平事，幾見書生一劍橫。

校 點 後 記

　　蘇履吉(一七七九—?),乳名發祥,字其旋,號九齋,福建德化雙翰鄉古倉洋(今春美鄉古春村)人。未弱冠以詩受知於學使陳春澂,補博士弟子員。清嘉慶六年(一八〇一),因成績優異,以拔貢身份參加國子監舉行的朝考(稱爲拔萃科),因是科名額溢滿,轉補爲縣學廩生。嘉慶九年,赴省城鼇峰書院修習學業。是年舉行甲子科鄉試,蘇履吉因丁外艱,回鄉守制。嘉慶二十年,復登乙亥拔萃科,廷試入選,以知縣見用,分發甘肅,歷仕州縣。二十一年署安化(今慶陽)令,二十三年以後歷署漳縣、正寧、靈臺,二十五年補崇信知縣。道光二年(一八二二)、三年歷署洮州(治臨潭縣)、貴德(今屬青海省)司馬(州佐官,協掌邦政),四年代理敦煌知縣,五年隨調是缺,七年署安西州。正如蘇履吉《安西感秋》詩所言:"嘉慶廿年秋,我年三十七。道光九年秋,我年五十一。中間十四年,十任邊吏職。九年爲縣令,二年司馬秩。三年爲刺史,奔走無虛日。"九年,蘇履吉兼篆敦煌。是年六月,欽命以知州升用,至此,官階正五品,軍功加三級。十二年正月,赴省垣蘭州候遷。十四年,其祖母去世,回閩奔喪。服滿,遷廣東佛山分府正堂,卒於官。

　　蘇履吉雅好吟詠,是位多產的詩人。他從自己二十六歲至五十一歲這二十六年間所作的三千餘首詩中選取了八百六十二首,編爲《友竹山房詩草》,分爲八卷。這些作品,據作者自稱,多於"簿書之暇,間事吟詠,悉多自叙生平所歷景況。而於家庭燕昵之私,往往即事詠懷,求之古人忠君愛國之忱,或託於婦人女子之詠,何敢仿佛萬一"(自序)。其友人陸芝田則稱"九齋之爲詩也,寫襟靈於性海……愛民如子,疾惡如仇,故多嫗煦感慨之謠焉。軍書旁午,州郡勞人,飛芻挽粟,舉烽迎纛,故多怵惕憔悴之詠焉。孝親忠君之懷,時形於楮內;悌弟敬友之雅,每見於筆端。荒政所活者數萬人,書院所成者數百士。故其詩芊綿而無極,宛轉而愈憐,有美人芳草之託喻,無南山萁豆之譏嫌焉"(《友竹山房詩草·序》)。

蘇履吉在甘肅爲官將近二十年,從隴東到隴西,又三至河西走廊西端的敦煌,寫了不少邊塞詩。其中,他對敦煌月牙泉情有獨鍾,前後創作的歌詠月牙泉的詩歌有十首。這些詩歌兩百年來一直被世人傳頌,他和他的詩友關於月牙泉的詩歌唱和也成了敦煌詩壇的一段佳話。

蘇履吉的同年和詩友在爲其詩集所作的"題詞"中,稱他爲"詞壇老名將"、"宦況詩情一樣清"(韓榮光),"詩尚清真,不爲飾砌語"(馬疏),"絶似香山長慶集,世間老嫗總能知"(袁潔),"青蓮氣骨香山韻,不把千秋讓古人"(朱焕),誠爲公允。

這次點校,以清道光十年(一八三〇)敦煌善慶堂藏板本爲底本。是書傳世已稀,承蒙德化縣教育局葉志向先生提供幫助,在此表示感謝。

編　者
二〇一八年七月

紉蕙山房詩草

序

連國香

竊惟彩雲易散,世式遺徽;弱草難栖,人嗟薄命。如夢香蘇姐者,既矜蕙質,復擅錦心。傳稱博士,就中媲美甄妃;訓著大家,即此追蹤班女。德早高於林下,秀真隱於閨中。詎意瑤環遺珮,未諧鳩鳲之媒;紅錦飛灰,已付鴛鴦之家。樊女之玄霜已蝕,玉葬深深;韓家之青瑣空留,香埋鬱鬱。然而咏絮之質難親,無徵不信;吟椒之□安在?有美必彰。伏覽九齋一兄所集紉蕙遺稿,□□□□□韻想見□人謂夫赤帝少女□□□□□□□二妃□湘江之月今即悵玉搔□□□□金屋之嬌□□流金盌猶聞女史相呼韻紫□□夢仙妃去。雎麟本房中之樂,翰墨爲身後之光。仕女班頭,文章魁首。如聆蕙歎,頻切菱傾。文雖後於續貂,序敢先於食鴈?嗚呼!夢香有知,其必矢音於七始,當不遺笑於九京也。書竟,并撰里詠三章,附書簡首:

玉碎休嗟命不由,才人還爲黛眉羞。蘇家有女文□錦,擬擬難兄勝也不?
脂粉兼留翰墨痕,流風回雪細評論。珠丘何似筭猶未,腸斷當年倩女魂。
庭花猶憶照遺顔,拈韻香分十二鬟。莫道心腸兒女婉,須知妹譜本眉山。
嘉慶乙丑花朝中澣,芝田居人連國香念喬氏題於蘿月山房。

【校記】

① 原無題名,此題名爲點校者所加。

誌①

蘇履吉

吉妹如蘭,束身自愛。環佩玉鳴,儼有林下風氣。六歲偕吉讀書,授以葩經,過目成誦。時家生齋公夫子奇其人,謂蕙質冰心,少甄逸之九齡,並孝標之三妹者,遂遍指諸書,豁然通曉。頗能詩,藻麗葩流,如紅箋遺樣,往往有秉筆直書,幽妍雅秀。偶未允洽,輒請裁成。稍長,潛處深閨,每耽吟咏。研匣筆牀與鏡箱交錯,拈韻之餘,不復輕出,惟於姑嫂贈章,獲睹一二。辛酉,吉將上鼇峰,妹適抱恙,强起送行,并贈以詩。觀其結言,不勝驚懼。竊以九月于歸田陽,故不之疑焉,而妹竟於是年七月終。吉方入闈,忽家書至,捧誦間,痛哭流涕,不能卒讀者幾三四次。試後還家,衣裳已殉,鍼線猶存。賦茗簪花,邈不可得。香埋玉葬,徒益悲傷。

邇來,吉復遠出從師,家居鮮暇,不及搜尋舊草,為妹留沒後幽光。今春歲試,晉謁田陽廣文林曉樓夫子,命吉集妹詩草呈閱。自惟閨中小技,兼以夭折誤人,不當瀆於尊長。歸檢舊箱,塵蒙蟲蝕,半已花殘。合諸題贈,僅得草三十餘首。間有寄懷咏事,悉出性真。雖詩難妥適,以其遺音,不忍擅為刪改。因即所存,重書成帙,郵呈鑒定,并丐弁言,以光泉壤。

昔謝氏女善詩,兄輒遜之。而於《毛詩》,稱"穆如清風"句最佳,是皆敏悟過人。今讀吾妹《讀詩志感》一篇,其貫通詩義,別出心裁,有矯矯不凡之致。妹固未敢以詠絮自居,然以吉視之,則不特撒鹽之不若矣。是為誌。

嘉慶八年,歲次癸亥三月既望,愚兄蘇履吉其旋氏書於友竹山房。

【校記】

① 原無題名,此題名為點校者所加。

題　　詞

封胡遏末一庭分，詠絮才清更出羣。絕世聰明蘇蕙子，春機何處覓迴文？
其　二
香銷玉殞亦前因，苦憶凌波繡洛神。手把遺編浥蘭氣，簪花如見衛夫人。

曉樓老人林開瓊題

詞壇傳贊拔金釵，曾是嬌憨一小娃。羨殺紅妝詩弟子，春風座上拜生齋。
其　二
香案邊房玉女仙，何時謫下紫微天？人間那得長留住？止占詩壇二十年。
其　三
人海茫茫恨不窮，那知命薄爲詩工？可憐紉蕙山房集，都付曇雲一霎中。

貴築黃梓春題

細字春蠶嫩百絲，硏光箋紙漾明漪。朗吟千遍如親炙，妝罷薰香獨坐時。
其　二
六歲聰明認字初，隨兄書閣伴伊吾。阿娘恰愛玲瓏語，一寸心如九曲珠。
其　三
丫角簪花拜女師，芙蓉出水裊幽姿。倩鈔内外韓嬰傳，默識河鳩窈窕詩。
其　四
脂田粉碓艷時妝，净洗鉛華鏡檻旁。曼睩妍秋誰得似？阿兄眉宇美人長。
其　五
晝日攤書夜績綿，時拈鍼黹母窗前。洛神不信甄逸女，習禮明詩便是仙。

其　六
都無恩怨也無愁,靜閱人間二十秋。天與才多偏吝福,先知死別一詩留。

其　七
衣作蝶飛影化雲,美人虹艷在天文。鏡奩斜左塵侵席,琴在人亡黯夕曛。

其　八
零星鍼線拾殘編,墨盡金壺句句仙。三豕四羊新補綴,兄兮心苦說當年。

其　九
皋蘭山下舞傳芭,庭雪晴飛是柳花。詩草天倫親手付,淚絲檢點墨痕斜。

其　十
瓊壺擊節慨慷歌,玉唾珠談細麗多。比似年來女才子,崔浣青浚路凌波。

狄道陸芝田題

目　錄

序 .... 連國香　183
誌 .... 蘇履吉　184
題詞 185

紉蕙山房詩草 189
　自詠 189
　讀詩志感 189
　紡棉 189
　立春一日偶懷 190
　詠雪 190
　織羅 190
　送胞兄初赴秋闈 190
　祖母六十 190
　贈步蟾姑娘歸李山 190
　贈同庚鸞姨歸田陽 191
　望夜觀月 191
　抱病送胞兄赴鼇峰肄業 191
　繡鞋 191
　曉妝照鏡 191
　春日栽菊 191
　次兄嫂新婚原韻 191

題鴛鴦宿蓮帳佩送步蟾姑娘 …… 192
繡譜 …… 192
雨後看山 …… 192
詠梅 …… 192
上元龍燈 …… 192
久病 …… 192
病裏起遲 …… 192
詠並蒂蘭 …… 192
看書有感 …… 193
題梅花鎖匙佩回聘 …… 193
題佛掌柑帳佩 …… 193
燈下紡績 …… 193
偶興 …… 193
孟春花園即事 …… 193
曉起偶作 …… 193
春日賞花有感 …… 193
花會偶詠 …… 193
接胞兄自鼇峰寄信問病 …… 194
暮春即事 …… 194

校點後記 …… 195

紉蕙山房詩草

自詠

昔予好讀書,賦質奈愚魯。實維先生嚴,簡編明訓詁。往返得從兄,齋居肄循矩。嗟非男子軀,雒誦難終古。二七侍慈幃,殷勤學織組。年來機上忙,尺寸不勝數。爲作嫁衣裳,深嶂閉竹户。養女一何歡,依依勞恀怙。裙襖計終身,豈不實艱苦!弟昆繞膝前,僅慰萊衣舞。自分薄紅顏,那堪費布縷?顧我雙親憐,妝箱照環堵。悽悲此雁行,難得幾時聚。幽恨鎖娥眉,望斷衡陽浦。春色可人情,看花入後圃。非敢效停針,願繡鴛鴦譜。

讀詩志感

詩首關雎咏,令人溯河洲。端維窈窕女,足以興姬周。鵲巢御百兩,欣覯居維鳩。摽梅方實七,迨吉顧我求。懷春誰敢誘?縱觀汎柏舟。怪哉設魚網,河側水自流。丘中麻麥李,那堪望彼留?雞鳴弋鳧雁,贈佩埶與儔?何處風吹蘀?蔓草應含羞。蟲飛甘同夢,於堂我俟不?縫裳雖興刺,束薪盍綢繆。績麻分内事,曾從池上漚。淑姬可與語,竊願莫傚尤。懿筐應女執,春日采桑柔。栗薪繄瓜苦,感慨此三秋。行野言采葍,新特將爾收。唯是酒食議,無詒父母憂。蓼莪深顧復,敢恨賦牽牛?蔦蘿施松栢,維鷮慎遠投。終朝看采綠,歸沐意悠悠。鴛鴦戢左翼,胡爲雜梁鶩?作合在洽渭,嗣徽識來由。不作鴟鴞舌,未聞鹽織休。令妻宜燕喜,讀罷起歌謳。

紡棉

冬至怯衣單,紡棉到夜闌。聲依風樹響,光傍兩燈寒。催赴機中織,忙收席上彈。一絲憑積累,十指未偷安。莫是新花熟,因成素幅寬。東鄰休取笑,相對覺承歡。

立春一日偶懷

昨有梅花信報春,匆忙還覺未爲真。今朝偶檢新時憲,此日全除舊臘塵。綠到柳眉疑鎖恨,青來杏靨欲含嚬。歲華自是難終古,靜聽簾前鳥語頻。

詠　雪

誰到蘭房碎玉簪,敢將餘屑積庭陰。珮環有象刊非易,圭璧無瑕遇不禁。留得幾時圖粉本,偏教此日滿瓊林。青山只爲白頭願,先自堆成一碧岑。

織　羅

一自拋書學織羅,絲絲都向手中過。始知尺寸艱難得,莫謂衣裳便易多。母願有時希斷杼,兒懷無日敢停梭。倘逢天上偷閒女,轉惜秋來未渡河。

送胞兄初赴秋闈

秋風初長桂花枝,此去高攀趁少時。袖染芹香纔馥郁,衣沾柳汁又淋漓。棘闈好冠南中榜,杏苑新編北上詩。走馬長安看不盡,榮歸庶慰老親期。

祖母六十

操守當年出性真,老來更見歲寒身。萱幃日永週花甲,栢樹霜嚴歷苦辛。最喜金閨丸荻古,還看玉砌桂蘭新。女孫欲取蟠桃獻,王母傳言百歲春。

贈步蟾姑娘歸李山

春風昨夜到吾廬,報道姑娘赴鹿車。自向母家辭去後,爭看婦道驗來初。卧衣應夢懷投燕,鳴珮端占寵貫魚。願贈周南詩一什,須知麟趾本關雎。

贈同庚鶯姨歸田陽

姊妹當年共繡帷，那堪此日各分離？玉環舊佩猶歸我，金屋新成欲貯姨。義切雁行留一面，情深鳳侶畫雙眉。從今別後難重聚，惟願毋違慰所思。

望夜觀月

人言三五月常圓，誰處深閨獨穩眠？錯認曉妝光對鏡，那堪夜坐冷侵氈？多情本是晶瑩極，靜境真疑綽約偏。宮裏姮娥未相識，更闌仍自倚窗前。

抱病送胞兄赴鼇峰肄業

雙親盼望蚤成名，催上鼇峰恨去程。謬列雁行慚爾妹，漸舒驥足屬吾兄。風塵自昔多甘苦，雲樹於茲倍秀榮。只恐歸來難聚首，病中強起送文旌。

繡　　鞋

繡得弓鞋一對新，踏來祇恐漬微塵。裙拖葉上曾經眼，褶蓋花前自立身。偶有輕移仍履坦，終無獨坐暗生春。日晴思向窗間曝，扃著蓬門拂拭頻。

曉妝照鏡

曉捲珠簾下鏡臺，羞塗脂粉逐花開。淡妝猶覺空生色，未許春風撲面來。

春日栽菊

春來無樹不飛花，此種偏留最後佳。怪得倚欄諸姊妹，早知秋意屬儂家。

次兄嫂新婚原韻

放得嫦娥出廣寒，阿誰不羨一枝丹？天教才子登雲接，月下何須再檢看？

題鴛鴦宿蓮帳佩送步蟾姑娘

藕絲繡就芙蓉佩,蓮葉裁供翡翠帷。解語鴛鴦雙對宿,行看鸞鳳定高飛。

繡　　譜

靜處深閨習女紅,翻來舊譜恨相同。從頭重□新花樣,繡折金針恐未工。

雨　後　看　山

雨後山光潑眼青,一簾倒影水盈庭。只緣繡閣門常閉,難得渲描作畫屏。

詠　梅

春風未到誰爲主？春色先開爾不禁。堪笑春來貪結子,可憐春去欲酸心。

上　元　龍　燈

家家燈火鬧春宵,龍尾龍頭接幾條。看到如雲天路近,比鄰仍聽鳳吹簫。

久　病

數月沉疴懶理妝,漫呼小婢取梳箱。解開雲鬢還教束,雞骨難支欲踞牀。

其　二
病深空自暗銷魂,強伴慈幃暮雨昏。兒不紅顏何命薄？羞看衫袖濕啼痕。

病　裏　起　遲

母道紗窗日影東,兒身猶在夢魂中。不知此際緣何事,牆外桃花幾樹紅。

詠　並　蒂　蘭

中庭芳草茁新葩,蕊結駢枝異各花。自是國香推第一,故將雙瑞入吾家。

看書有感

幼讀曹家訓,箴規信在茲。但能勤研究,何必更從師!

題梅花鎖匙佩回聘

梅蕊連枝結,花中獨占魁。乘時登瑣闥,劍佩擬相陪。

題佛掌柑帳佩

分來金色相,繡就玉香囊。世掌絲綸美,家傳翰墨芳。

燈下紡績

月色侵簾外,孤燈夜自明。時頻邀嫂氏,紡績動雞鳴。

偶興

更闌方就寢,曉起出蘭房。爲問花開未?親身到海棠。

孟春花園即事

獨坐覺無聊,花園聞騁步。會開桃李芳,爲擬新春賦。

曉起偶作

小婢學嬌妝,忙□□半閉。我來笑殺他,強説遵新製。

春日賞花有感

曾從窗外看,春色濃如許。我欲向渠言,未知花解語。

花會偶詠

佛有拈花會,而今會是花。莫將脂粉樹,開遍到良家。

接胞兄自鼇峰寄信問病

兄從正月去,三接寄書回。不道東風信,一年一度來。

暮春即事

積病經三月,羞覯服既成。廿年如一夢,春去倍傷情。

校 點 後 記

　　蘇如蘭(一七八一——一八〇一),字夢香,福建德化人,《友竹山房詩草》作者蘇履吉之妹。六歲偕兄讀書,《詩經》過目成誦,又讀諸書,豁然通曉,長耽吟詠。可惜紅顏薄命,竟於成婚之前兩個月病故,年僅二十一歲。

　　《紉蕙山房詩草》爲蘇如蘭去世兩年後,由其兄蘇履吉搜尋舊草,編次成帙。計有詩三十六首,其中五言古三首、七律十首、七絕十二首、五絕十一首。內容有自詠、詠人、詠物、詠事、題贈等,皆切時事,諧韻律,"悉出性真",溫情脈脈,如"兒不紅顏何命薄,羞看衫袖濕啼痕"(《久病》其二)、"只恐歸來難聚首,病中強起送文旌"(《抱病送胞兄赴鼇峰肄業》)等。其他如詠雪、觀月、賞花、睇燈等篇什,皆清新可誦。但因待字閨中,交往既少,視野不廣,詩的數量不多,題材較爲狹窄。盡管如此,這位"紅妝詩弟子"在當時女子中也算鳳毛麟角。其詩作對於研究清代道光年間的社會歷史,具有一定的價值。

　　書前有連國香於嘉慶十年(一八〇五)所題文一篇,並附七絕三首,蘇履吉於嘉慶八年所撰誌文一篇,又有題詞七絕十五首(其中林開瓊兩首、黃梓春三首、陸芝田十首)。

　　此次點校以德化縣地方志編纂委員會所收藏的清道光十五年(一八三五)蘭城耕餘堂藏板刊本爲底本。是書封面題署"金園蘇如蘭夢香氏著"。

編　者

二〇一八年八月

圖書在版編目(CIP)數據

友竹山房詩草/(清)蘇履吉著;周宗禧點校.紉蕙山房詩草/(清)蘇如蘭著;陳忠義,林興中點校.—北京:商務印書館,2019
(泉州文庫)
ISBN 978-7-100-17015-4

Ⅰ.①友…②紉… Ⅱ.①蘇…②蘇…③周…④陳…⑤林… Ⅲ.①古典詩歌—詩集—中國—清代 Ⅳ.①I222.749

中國版本圖書館CIP數據核字(2019)第004029號

權利保留,侵權必究。

責任編輯　閻海文
特約審讀　李夢生

友竹山房詩草　紉蕙山房詩草
(清)蘇履吉　(清)蘇如蘭　著

商務印書館出版
(北京王府井大街36號　郵政編碼100710)
商務印書館發行
山東鴻君傑文化發展有限公司印刷
ISBN 978-7-100-17015-4

2019年2月第1版　　　開本705×960　1/16
2019年2月第1次印刷　　印張12.75　插頁2
定價:62.00元